Si jamais ils t'arrêtent,
parle-leur du wharf allemand

Georges Holassey

Si jamais ils t'arrêtent, parle-leur du wharf allemand

roman

Éditions Le Mono

Collection « Émotions littéraires »

© Editions Le Mono

ISBN : 978-2-36659-040-1

L'attente différée rend le cœur malade ;
mais le désir accompli est un arbre de vie.

- *Proverbes XIII : 12*

I
Sur le chemin de Baden-Baden

1

J'ai décidé de quitter la région parisienne pour Baden-Baden parce que je ne me sens plus en sécurité. Tout me plonge dans une angoisse terrible. Un regard croisé dans la rue, et j'ai peur qu'on m'ait identifié pour me dénoncer à la préfecture. Quelques sons de sirène entendus au loin, et je frémis pendant des heures, perché à la fenêtre : est-ce la police qui vient me chercher ?

Ma vie est devenue infernale. J'ai pensé qu'il me serait plus agréable de vivre en Allemagne, que je retrouverais une vie plus sereine à Baden-Baden. D'ailleurs, peu m'importe le lieu où je vivrai, pourvu qu'on m'y laisse tranquille.

J'ai pris le train cet après-midi après une longue réflexion sur cette destination hors de France. Baden-Baden. Une ville dont je n'ai pas entendu vanter une quelconque hospitalité envers ceux de ma catégorie, mais qui m'attire pour avoir offert une vie à mon cousin. Et je suis parti.

Le train est bondé de supporters du Paris-Saint-Germain qui joue ce soir contre le Racing Club de Strasbourg. Un match important, paraît-il. Et ils crient sans cesse «les Strasbourgeois vont prendre une raclée ce soir!». Buvant et fumant dans le train comme pour provoquer les contrôleurs ou exaspérer les voyageurs. Il n'y a que très peu de répit. Quelques secondes où ces tapageurs survoltés semblent faire une pause pour reprendre leur souffle ou boire un coup. Et au moment où on pense avoir un peu de calme, au moment où ces dames allemandes assises en face de moi croient pouvoir lire leur revue tranquillement, il y en a toujours un qui crie «les Strasbourgeois vont prendre une raclée ce soir!» et emporte les autres dans un raffut insupportable. Je prie pour qu'il n'y ait pas de bagarre. Être présent sur le lieu d'une rixe, c'est ce qu'il y a de plus funeste pour quelqu'un de ma catégorie. On risque d'être contrôlé par la police et arrêté.

Cette peur d'être contrôlé me fait soudain penser à la frontière. Même si l'Europe est devenue un seul pays comme on le dit, avec des frontières muettes qui ne demandent plus de pièces d'identité aux voyageurs, il suffit par malheur qu'un vieux démon des nations se réveille au moment où le train arrive à la frontière allemande. Et une frayeur irrépressible me traverse le corps. J'ignore l'allemand et ne peux pas leur expliquer ma situation si jamais ils m'arrêtent. Les quelques expressions que Klaus nous avait apprises, je les ai oubliées. C'est un vieil Allemand qui vivait chez nous, dans une maison non loin de l'océan, un pavillon à la façade décrépie à cause du vent chargé de sel. Klaus ne travaillait pas et je ne saurais dire de quoi il vivait. On racontait que des amis ou des proches parents lui envoyaient un peu d'argent depuis l'Allemagne. Allez savoir combien ils lui envoyaient pour lui permettre de vivre sans travailler. Pas beaucoup je crois, car il ne vivait pas comme un riche et semblait souffrir de faim. Il souffrait aussi du paludisme et avait parfois des douleurs d'estomac à cause des amibes et des ascaris, ces vers qui pullulaient dans l'eau, à l'affût dans les aliments pour nous parasiter l'estomac.

Klaus regrettait que notre pays ne soit pas resté sous domination allemande. Nous serions nés germanophones au lieu d'être nés francophones. Et cela lui aurait facilité la communication avec nous. Nous avions du mal à retenir les expressions qu'il nous apprenait, parce que c'est quand même difficile l'allemand. Et puis, nous ne voyions pas l'intérêt d'apprendre une langue qui n'est plus parlée chez nous depuis la fin de la Grande Guerre. Depuis ces jours où les Allemands avaient été obligés de plier bagage après les dernières explosions ayant donné la victoire aux alliés et renvoyé leurs colonies à Berlin ou à Munich.

Si quelqu'un pouvait dire à Klaus où je me trouve aujourd'hui, s'il pouvait savoir comment je vis depuis que je suis arrivé en France, il dirait, comme il le disait souvent, « vous avez un très beau pays, mon petit; pourquoi partir ? » Et il ne comprendrait vraiment pas pourquoi je suis parti.

2

Le train fait un arrêt à Nancy. Je prends ma valise et je descends précipitamment là. J'ai peur de continuer le voyage avec ces supporters éméchés et incontrôlables capables de provoquer un malheur à l'approche de Strasbourg. J'ai peur de la frontière avec ses contrôles imprévisibles. Il vaut mieux descendre pour éviter le désastre.

« Nancy !... ici Nancy ! » hurlent les haut-parleurs de la gare.

Je me souviens de la première fois que j'ai entendu parler de cette ville. C'était pendant un cours d'histoire sur la seconde guerre mondiale. Le prof nous parlait de la troisième armée américaine qui, durant la campagne de Lorraine, manqua d'essence et peina pendant plusieurs jours avant de libérer Nancy et Metz. Et il nous avait un peu parlé de ces deux villes. Après tout, il y a des endroits qui ne restent pas collés à la mémoire lorsqu'on en entend parler, parce qu'on se dit qu'on n'ira jamais là-bas.

Pour ceux qui ne connaissent pas ce coin de la France, Nancy est l'une des grandes villes que traverse le train au départ de Paris, avant d'atteindre Strasbourg, puis passer par la frontière de Kehl pour foncer tout droit vers Stuttgart ou Karlsruhe via Baden-Baden où vit mon cousin. Il travaille chez un constructeur automobile et vit dans un petit appartement au centre-ville. Je ne connais pas son adresse, mais ce ne serait pas difficile de le retrouver, je pense. Et il pourrait m'héberger le temps que je change de catégorie.

Mon cousin est arrivé en Allemagne après quelques années passées à Moscou. Il avait une bourse pour aller poursuivre ses études en Russie. Mais il paraît que la vie n'a pas été rose pour lui dans ce pays trop loin et pas facile.

D'où je viens, lorsqu'on parle de la Russie, on l'imagine au bout du monde, quelque part au pôle nord. Ou on ne l'imagine même pas. Pourtant, il existe depuis des dizaines d'années, des bourses pour aller étudier là-bas. Mon cousin avait pu en obtenir grâce au réseau politique de son père. Et il fit ce long voyage dont on parla des jours et des jours dans la famille. Il ne s'y plaisait pas vraiment. Trop de choses lui manqueraient. Il paraît que la bourse ne lui était pas versée régulièrement. Mais il faut bien le dire, il n'avait pas le choix. C'était quand même mieux d'aller étudier en Russie que de pourrir au pays, avec des grèves et des troubles politiques incessants. C'était quand même mieux d'aller tenter sa chance à Moscou que de rester à Lomé, espérant des jours meilleurs qui ne se levaient que pour très peu de personnes.

Il n'avait même pas fini ses études avant de quitter Moscou. Il profita d'un séjour en Allemagne avec quelques camarades étudiants, un voyage de découverte, semble-t-il, pour ne plus retourner en Russie. Il avait sûrement prévu son coup. Il en avait marre de Moscou et ne pouvait même pas travailler alors que la bourse ne tombait qu'au compte-gouttes. Oh, cela n'a pas été facile pour lui en Allemagne non plus. Il a galéré pendant des années avant de pouvoir obtenir un titre de séjour et trouver du travail chez un constructeur automobile. Il a maintenant une adresse; c'est déjà un grand pas. Oui, c'est mieux d'avoir un tout petit appartement que de dormir dehors ou de traîner sa valise dans la rue. C'est vraiment un grand pas pour quelqu'un comme lui d'avoir une adresse à son nom.

Je suis resté une demi-heure dans le hall de la gare. M'efforçant de me convaincre que j'ai pris une bonne décision en descendant du train au lieu de m'entêter à poursuivre ce voyage périlleux jusqu'à Baden-Baden. Après tout, je ne pouvais pas braver cette intuition qui me faisait redouter le malheur à cause de ces trublions de supporters et de cette frontière aux contrôles imprévisibles. Non; je ne pouvais pas continuer le voyage. C'était un réflexe vital ; je n'y pouvais rien.

En sortant de la gare, je ne peux choisir ma direction que par intuition. Aucune rue ne m'attire spontanément. Puis, je traîne ma valise jusqu'à la poste, attiré par des jeunes qui jouent avec un chien, une bouteille à la main, l'air habitué à flâner dans le coin. Ils paraissent libres et heureux. Se moquent-ils ainsi du monde en affichant cette liberté enviable qui les fait danser et boire autour d'un chien ?

– Bonjour... Où puis-je trouver un hôtel pas cher ici ? ai-je demandé à l'un d'eux.

– Hey les gars, il cherche un hôtel. Vous en con-naissez un dans le coin? a-t-il lancé à ses copains.

«Un hôtel?... Bien sûr, la Place Stan. Il y a un hôtel là-bas ».

– Ah oui, la Place Stan, je suis bête, dit-il en se tapant le front. Vous longez la voie du tram sur la rue Saint-Jean qui se transforme un peu plus loin en rue Saint-Georges ; vous continuez toujours tout droit, puis vous allez voir l'indication sur votre gauche. C'est pas loin.

Je longe le tramway jusqu'à trouver l'indication pour arriver sur la place Stanislas. Épuisé par cette grosse valise sans roulettes traînée depuis la gare. J'y trouve un hôtel, mais ce n'est pas pour les gens comme moi. Vu le charme et le luxe de ce grand hôtel, il faut être fou pour entrer demander le prix d'une chambre avec seulement 140 euros en poche. Et je ne sais plus quoi faire.

J'aurais dû dominer ma peur et continuer le voyage jusqu'à Baden-Baden. Mais il y a des peurs qui prennent le dessus sur toute réflexion et poussent à l'action, toujours dans la précipitation. Un réflexe vital, je n'y pouvais rien.

Je ne connais personne dans cette ville. Je n'ai même pas de connaissance virtuelle chez qui je pourrais loger quelques jours. D'ailleurs, je n'ai jamais eu de correspondant en France. Pourtant, j'aurais pu en avoir. J'aurais dû choisir une correspondante en France au lieu d'être toujours attiré par les filles du Canada. Il y avait un système de jumelage qui nous permettait de correspondre avec des jeunes d'Europe ou du Canada. Nous, les garçons, préférions correspondre avec des filles car elles étaient plus sérieuses et avaient beaucoup de choses à dire dans leurs lettres. Nos filles par contre – je veux dire les filles de chez nous – préféraient correspondre avec les garçons qu'elles trouvaient plus intéressants, créatifs et généreux. Quelques-unes recevaient de temps en temps des paquets recommandés que leurs parents allaient chercher à la grande poste. De plus belles choses que les cartes postales et les photos dans la neige que nos correspondantes nous envoyaient. Mais on s'en contentait, on les trouvait toujours très belles et on rêvait de les inviter chez nous, et nous marier un jour avec elles. On les aimait déjà, je l'avoue.

J'avais eu la possibilité de choisir quelqu'un en France, mais j'avais préféré une fille de Québec.

Bref, je n'avais pas choisi d'avoir de correspondant en France parce qu'on nous disait qu'il y a moins de chance de tomber sur quelqu'un de bien. Quelqu'un de bien c'est celui qui pourrait nous soutenir lorsque nous aurions envie d'aller tenter notre chance ailleurs. On nous disait que les Français sont moins généreux que les Américains, les Canadiens ou les Allemands. Moins accueillants aussi. Et on nous faisait raisonner sur les actualités du moment : ces charters qui ramenaient les maliens et les sénégalais renvoyés de France. S'il y avait assez de moyens là-bas et s'ils étaient accueillants, ils ne les auraient pas renvoyés ; voyez-vous ?... Et nous étions plus attirés par d'autres pays.

3

Si vous connaissiez la place Stanislas, vous seriez étonnés de me voir là, à la recherche d'un gîte à bas prix où dormir ce soir ; et peut-être aussi demain, je n'en sais rien.

Une énorme statue érigée au centre accroche mon regard. Je traîne ma valise jusqu'à cet homme imposant dont la place porte le nom inscrit sur le socle :

À Stanislas le bienfaiteur
La Lorraine reconnaissante

Je m'assois sur les marches entourant le socle; épuisé et mourant de faim. J'ai peur d'attirer l'attention avec cette énorme valise. Mais que puis-je faire maintenant ? Quelle direction prendre? Pour aller où ?

Et je réfléchis.

Il est un peu plus de 18 heures. La nuit va tomber sans prévenir, même si le soleil tarde à amorcer sa descente vers le couchant. Il est toujours présent là-haut comme jamais on ne le voit à pareille heure chez nous dans les tropiques. Là-bas, le soleil serait déjà tombé sous l'horizon et on serait en train de profiter des lueurs éphémères du crépuscule.

Je ne me sens pas du tout serein sous cette statue, au milieu des touristes qui ont sûrement un endroit où dormir ce soir. Il me faut trouver un gîte avant la tombée de la nuit. La nuit, c'est dangereux pour quelqu'un de ma catégorie de se retrouver sur une place publique; surtout avec une grosse valise, errant comme un sans domicile ou un fugitif cherchant un asile. Ça se voit quand quelqu'un est en errance. Il est souvent perçu comme une menace et attire l'attention de la police sans faire exprès. Il attise les soupçons sans le vouloir. Les policiers viendront me poser des questions; ils demanderont mes papiers et sauront qui je suis. Ils m'arrêteront, sûrement.

Et je réfléchis...

J'ai failli me jeter sur la valise et disparaître, en voyant déboucher d'une des portes de la place, quatre policiers arrivant tout droit vers la statue.

«Calme-toi, reste assis, fais comme les autres, ignore-les ».

J'ai écouté cette voix intérieure qui me parle souvent dans des situations où je perds tout contrôle de moi-même. Et je les ignore, forcément.

Ils jettent un long regard sur ma valise en passant à côté de moi; et continuent leur chemin sans rien dire à personne. Après tout, j'ai le droit d'être là et je ne fais rien de mal.

Certains diraient que c'est ridicule de paniquer ainsi à la vue de quelques policiers qui flânent, les mains dans le dos, pour assurer la sécurité. Mais, pour quelqu'un de ma catégorie, la peur de la police n'est pas une absurdité, je vous assure. Même flânant sur une belle place comme des désœuvrés, ils vous feraient tout de même peur, les policiers.

J'ai de plus en plus peur parce que je n'arrive pas à contrôler cet instinct de survie qui m'anime plus qu'avant.

J'aurais dû dominer ma peur et continuer le voyage jusqu'en Allemagne. Qui sait, je pourrais passer la frontière sans problème. Mais il y a des intuitions qu'il ne faut pas prendre à la légère. Il fallait descendre de ce train pour éviter le malheur.

Mais où vais-je dormir ce soir ?
Et je réfléchis…

Ils reviennent. Les policiers reviennent vers la statue. Je tressaille en entendant quelqu'un parler à côté de moi.

«Que cherchent ces policiers à passer et repasser par ici ? »

Comme si la personne avait deviné que je ne suis pas serein à la vue de ces hommes.

C'est un jeune homme noir qui n'a pas l'air d'un touriste. Depuis quand est-il assis là?

Puis il s'adresse à moi lorsque nos regards se croisent.

—Ah oui, j'ai oublié, c'est la fête nationale dans deux jours.

— Tu les as déjà vus contrôler les papiers ?

— Quels papiers ?

— Les pièces d'identité.

—Ce n'est pas leur premier souci. Ils sont là pour la sécurité, pas pour contrôler les gens. Ils demandent les pièces d'identité seulement s'il y a une bagarre.

Aujourd'hui 12 juillet. La fête nationale c'est effectivement dans deux jours. Ce n'est pas prudent de rester ici. Mais où aller pour trouver un hôtel à bas prix?

Le jeune homme sifflote tout bas un air inconnu, une chanson de chez lui, j'imagine. Vu son accent, il doit être Camerounais ou

Gabonais. Il sifflote comme on sifflote quand on s'en fout de tout.

—Est-ce que tu connais un hôtel pas cher dans le coin?

—Un hôtel pas cher ? C'est combien pas cher pour toi ?

— Dix ou douze euros la nuit.

— Dix ou douze euros? Ici à Nancy ?

Et il éclate de rire. D'un rire fort qui attire l'attention des policiers qui se sont retournés pour nous regarder. Je n'aime pas ce rire. Il ne sonne pas méchant, mais je ne peux pas l'apprécier. Il y a vraiment des rires méchants ; comme les rires de gens qui apprécient quand il vous arrive un malheur ; des rires sarcastiques qui blessent et détruisent le moral. Ce n'est pas un tel éclat de rire terrible à supporter. Mais pourquoi aussi fort pour faire tourner le regard des policiers vers nous?

— Pourquoi ris-tu?

— Un hôtel à dix ou douze euros?... Même s'il y en avait, ce serait un hôtel pourri avec des cafards et des rats partout.

—C'est combien une nuit d'hôtel par ici? Le plus bas prix?

—Je n'en sais rien ; mais sûrement pas à ces prix-là... Tu viens de quelle ville ?

— De la région parisienne.

— Là-bas, il y a des hôtels à ces prix?

– Je n'ai jamais été dans un hôtel.

– Tu es venu visiter Nancy?

Jamais dans ma vie on ne m'a posé une question aussi difficile. «Tu es venu visiter Nancy? » Non, je ne suis pas venu visiter Nancy. Mais pourquoi suis-je là sur cette place parmi les touristes venus visiter Nancy? Pourquoi suis-je là avec seulement 140 euros en poche, une grosse valise à mes pieds et personne chez qui loger ? J'ai inspiré fort pour répondre, mais je n'ai pas pu. La peur semble avoir bloqué ma voix. La peur de l'incertitude, la peur de ne pas savoir ce que je suis en train de devenir ou ce que je vais faire maintenant dans cette ville où je me sens perdu. Pourquoi n'ai-je pas continué le voyage jusqu'à Baden-Baden? J'y retrouverais mon cousin qui serait surpris de me voir, mais heureux de m'accueillir sous son toit…

– Tu es en vacances ici ? reprend-il.

– Non. Je suis venu tenter ma chance.

La réponse est à peu près juste. Je suis venu tenter ma chance. Et je lui dis que je n'ai nulle part où dormir cette nuit ; qu'il me faut trouver un hôtel à bas prix.

Je devine sa pensée à travers son inspiration. Une inspiration qui traduit sans doute la difficulté ou l'impossibilité de trouver un hôtel à bas prix dans cette ville.

– Bon, je m'en vais. Mon cousin est là. Je te souhaite bon courage.

Il rejoint un homme sorti de l'hôtel de ville ; et ils s'en vont en direction du tramway.

Où vais-je dormir cette nuit ?... Je regarde vers le grand hôtel et j'ai envie d'aller quand même demander le prix pour la nuit.

Puis, je vois le jeune revenir vers moi avec son cousin.

– Tu peux venir avec nous. Je vais te loger cette nuit.

Je me jette sur ma valise comme si la surprise me faisait perdre l'équilibre. Et nous sommes partis prendre le tram.

Il s'appelle Gaétan et son cousin, Flavien.

4

Nous sommes arrivés dans une résidence universitaire. C'est là où loge Gaétan depuis son arrivée en France pour des études de droit, dans une chambre de neuf mètres carrés. Son cousin arrivé de Metz il y a deux semaines, dort chez lui le temps de son séjour à Nancy.

«Tu trouveras quand même un petit coin pour dormir» me dit-il en souriant, sûrement pour m'ôter tout sentiment de gêne compte tenu de l'étroitesse de la chambre pour trois personnes.

Il a fait cuir du steak haché et des pâtes que nous avons mangés avec un peu de bière. Puis, nous avons longuement discuté pour faire connaissance. Il me fait savoir qu'il peut m'héberger quelques jours, le temps de trouver une issue à ma situation.

– Avec 140 euros, dit-il, tu ne tiendrais même pas trois jours si tu allais dormir à l'hôtel.

Son cousin Flavien fait partie de la même catégorie que moi. Une coïncidence qui nous fait sourire.

Flavien a trente-trois ans et entame sa sixième année d'errance en France. Après avoir épuisé tous les recours pour régulariser sa situation, il vit comme ça depuis trois ans et ne sait plus « sur quel pied danser ». C'est ce qu'il dit lui-même, désespéré. Il lui est souvent venu à l'esprit de prendre sa valise et de rentrer chez lui au Cameroun, mais il n'est jamais passé à l'acte.

— Je souffre trop ici et je ne sais pas quand ça va finir. Tu vois ce que je veux dire ?

Je vois bien ce qu'il veut dire. Il faut être quel-qu'un de notre catégorie pour comprendre pour-quoi il ne rentre pas chez lui alors qu'il en a marre de cette vie d'errance. Je ressens dans sa voix cette colère qui jaillit par le verbe. Surtout contre les dirigeants de son pays.

— Ils se remplissent les poches et aiment qu'on s'incline pour les respecter comme des dieux. Ils se moquent de la souffrance du peuple. Et tu penses que ça va changer un jour? Personne n'a dans son corps un gène qui rend insensible à la souffrance. Nous avons tous envie de sortir de la misère, mais ceux qui sont au pouvoir ne font rien pour soulager le peuple qui souffre. Ils gèrent mal le pays et nous plongent dans des troubles sociopolitiques qui poussent la plupart d'entre nous à tenter l'aventure. Ce n'est quand même pas le paradis ici. Les gens souffrent aussi dans ces pays qui nous accueillent, mais on aimerait tellement être à leur place parce que chez nous c'est pire.

Je comprends sa colère. Il serait sûrement resté chez lui si rien ne l'obligeait à partir. À son âge, c'est quand même un déshonneur de dormir à même le sol, au pied du lit d'un jeune étudiant.

Il n'a pas tort. Nous ne serions pas là à souffrir si nos pays étaient stables et assez bien gérés pour nous garantir le minimum vital et éviter ces troubles sociopolitiques qui secouent de misérables vies. Peut-on d'ailleurs espérer une bonne gouvernance et un réel développement économique sans d'abord chercher à comprendre pourquoi cela ne marche pas ?

Pour que nos pays soient stables et développés, disent certains, il faut surtout un changement de mentalité. Ils ont peut-être raison. Sinon pourquoi ça ne marche toujours pas ? Ce n'est pas parce que les gens ne travaillent pas ou n'aiment pas travailler comme on l'entend dire parfois. Je connais des hommes et des femmes qui, comme ma mère, se lèvent tous les jours à quatre heures pour commencer leurs activités. C'est quand même difficile de se lever à quatre heures tous les matins. Malgré leurs efforts, ils peinent à assurer leurs besoins quotidiens parce que tout le système est pourri.

Et la vie des gens ne peut aller mieux dans un système pourri. Oui, c'est tout le système qu'il faut revoir, à la base. Et cette base c'est l'individu. Les dirigeants de nos pays n'arrivent pas à réaliser l'exploit car ils sont issus du peuple et les têtes sont ainsi faites pour tous, du chef d'état à n'importe qui. Il faut une certaine discipline individuelle, une autre mentalité collective, une réelle volonté générale pour arriver à changer un système social. Et surtout, de l'humilité aux personnes haut placées pour reconnaître qu'il faut modifier quelque chose qui ne va pas. Quelque chose dont la cause n'est pas forcément l'autre, mais nous-mêmes, peut-être. On ne peut sortir de ce système gangrené par la misère et les troubles que par une remise en question de nos habitudes d'esprit, de notre façon de voir les choses. Par une éducation qui permettrait d'élaguer toute habitude ou croyance qui nous entrave lourdement. Seule cette éducation, lorsqu'on commencera à l'inculquer aux enfants d'aujourd'hui, permettra de voir surgir demain des dirigeants modèles, tolérants et humbles qui ne s'accrocheront pas au pouvoir et accepteront les critiques sans chercher à museler ou anéantir par la force ceux qui oseront émettre des jugements sur leurs actes. Parce qu'ils seront issus du peuple et les têtes seront ainsi faites pour tous, de n'importe qui au chef d'état.

Nous avons causé jusqu'au-delà de minuit avant de nous coucher. Flavien s'est allongé sur un matelas gonflable posé à côté du lit de Gaétan. Et moi par terre, sur un pagne épais qui appartenait à ma mère et qu'elle m'avait obligé à prendre parce que « ça peut servir » disait-elle.

5

Je n'arrive pas à trouver le sommeil. Je suis content et à la fois inquiet. Je suis content d'avoir trouvé un toit. Je ne pense pas que Gaétan me mettra à la porte demain ou après demain. Mais je suis inquiet des jours à venir. Jusqu'à quand durera cette vie d'errance? Cela fait déjà trois ans que je suis en France, mais j'ai l'impression que je suis en train de tout recommencer à zéro. Je me tourne d'un côté, puis de l'autre, cherchant à dissiper cette inquiétude qui m'ôte le sommeil. J'ai fait le choix de tenter l'aventure, ce n'est pas le moment de baisser les bras. Sinon, c'est la mort.

En Europe, peu de personnes comprennent pourquoi des gens comme Flavien et moi ne retournent pas chez eux, alors qu'ils en ont marre de cette vie d'errance. Certains ne cherchent même pas à comprendre. Mais il faut quand même leur dire qu'il n'y a pas d'effet sans cause. La cause de ces aventures souvent difficiles et parfois périlleuses, c'est cette énorme différence qui existe entre la vie d'ici et celle de là-bas. Prenons seulement le cas de la monnaie. Imaginez seulement qu'un euro fait plus de six cent cinquante francs CFA, et qu'avec cinquante euros envoyés aux parents, ils peuvent manger pendant plusieurs semaines. Comment voulez-vous que ceux qui sont là-bas n'aient pas envie de venir tenter leur chance ici pour aider leurs parents qu'ils voient démolir par la misère?

La rivière coule toujours vers l'aval, disait mon père. C'est une loi de la nature. Partir vers là où l'odeur de la vie semble plus agréable, c'est aussi une réaction naturelle, je crois.

D'où je viens, il y a des vies plus malheureuses que la mienne. Des vies qui s'accrochent à l'espoir de trouver l'opportunité pour partir vers le nord et pouvoir aider les parents qui n'en peuvent plus de souffrir; vieillissant plus vite que le temps parce qu'ils sont privés de tout. De nombreux jeunes cherchent l'occasion à saisir pour partir et pouvoir les rendre heureux.

Beaucoup sont partis comme ça, juste avec quelques affaires ou avec rien du tout. Lorsque l'occasion s'est présentée, ils sont partis comme on fuit un danger, sans aucune préparation. Ils se sont jetés dans l'aventure avec pour seul bagage l'espoir. C'était le cas de Philippe dont on avait longtemps parlé chez nous. Et on en parle sûrement encore. Non seulement c'était un phénomène ce gars, mais l'histoire de son voyage était et demeure l'une des plus surprenantes. Sûrement parce qu'il était le premier dans le quartier à se lancer dans une telle aventure. Personne avant lui n'avait osé partir comme ça, sans avoir préparé le voyage, sans être sûr qu'à l'arrivée il y aurait quelqu'un pour l'accueillir. L'aventure faisait vraiment peur. C'était comme ça chez nous, je vous assure.

Philippe était vraiment un phénomène. Un de ces hommes qui font des choses qui vous étonnent ou vous énervent, mais qui les font quand même, comme pour se moquer du monde. Philippe était comme ça ; il énervait tout le monde. Il passait tous les jours avec sa mobylette, une Motobécane surannée de son père qu'il avait remise sur les roues, mais qui avait du mal à se remettre de son état de vieille machine abandonnée à la fourrière pendant de nombreuses années. Il l'avait récupérée avec douze mille francs CFA, une sacrée somme que son père n'avait pas pu rassembler avant de partir s'installer au village, fatigué de la vie dans la capitale. Le gars Philippe passait et repassait plusieurs fois par jour sur ce vieil engin crachant d'épaisses fumées qui empestaient les rues après son passage. Il nous lançait en passant : «Holé les amis, la vie est belle?» C'est comme ça qu'il criait chaque fois qu'il croisait ou dépassait ceux qu'il connaissait. Il connaissait d'ailleurs tout le monde. Et il ne réagissait pas quand on criait derrière lui : «va te faire voir ailleurs avec cette pourriture de mobylette, espèce de ... !» Il s'en fichait ; ou ne les entendait même pas, ces insultes couvertes par les vrombissements assourdissants de cette vieille Motobécane ressuscitée qui peinait à tenir le coup.

Il était sans emploi et se débrouillait comme la plupart des jeunes. Il allait tous les jours au port pour tenter de trouver un job ou de petites bricoles à faire pour gagner de quoi payer à manger et l'essence pour cette antiquité qui roulait à trente à l'heure et fumait comme un train à vapeur.

Puis, on ne le voyait plus. Le bruit courait que le gars Philippe aurait trouvé un emploi dans un bateau. Il serait parti en mer pour six mois et reviendrait avec toute l'économie de son salaire, puisqu'il n'y a aucune dépense à faire sur un bateau. Ils sont nourris, logés ; il suffit de trouver un endroit sûr pour planquer son argent.

Comment avait-il fait pour dénicher ce job de luxe? Nous étions tous intrigués par son histoire.

Le gars Philippe n'est jamais revenu. On racontait qu'il aurait réussi à entrer en Espagne pour y travailler. Lui qui ne connaissait personne dans ce pays, aurait trouvé du travail dans les champs pour la cueillette des tomates. Et son salaire mensuel pourrait nourrir beaucoup de personnes au pays pendant trois mois.

C'est ainsi que travailler sur un bateau était devenu le rêve des jeunes qui hantaient le port. Ils étaient excités quand les bateaux accostaient. Et lorsqu'ils s'en allaient à travers les flots, ils les regardaient partir les yeux embués de larme, tristes de ne pas avoir trouvé l'occasion de monter à bord.

Beaucoup sont partis après le gars Philippe. Ils sont partis par différents moyens, pour aller chercher quelque chose de mieux que ce que nous avons là-bas. Qu'avons-nous d'ailleurs là-bas? Pas autre chose que l'attente et le rêve. La résignation aussi parfois. La démocratie tant attendue, imposée par le sommet de la Baule et lancée par des conférences nationales un peu partout, n'arrive pas à nous améliorer la vie. On vit toujours dans l'attente de jours meilleurs; une attente interminable qui fait ralentir la vie pour les plus jeunes et précipiter les plus âgés vers la fin. Il faut le vivre pour comprendre ce que disait le poète Rilke : l'attente c'est la vie au ralenti, c'est le cœur à rebours, c'est une espérance et demie ; ... c'est le train qui s'arrête en plein chemin, sans nulle station ... et on entend le grillon ; on contemple en vain.

Lorsque l'attente devient insupportable, lorsque vous ne trouvez aucun moyen de vous en sortir que de franchir le mur de l'aventure, vous n'avez pas d'autres choix que de l'enfoncer.

C'est l'espoir de partir ailleurs qui fait tenir le coup, parce qu'on n'attend plus rien de la nature et des responsables politiques. Et la résignation l'emporte parfois, lorsque, après avoir fait tous les efforts, on n'arrive pas à percevoir le bout du tunnel.

Pour briser l'attente, certains n'ont pas hésité à partir par la route, bravant le désert, avec quelques vivres sur le dos, dans l'espoir d'atteindre les rives du nord. C'est ce qu'a fait Bébé, parti juste avec un sac de voyage à moitié rempli de farine de manioc. Bébé, c'est son vrai prénom, celui que ses parents lui ont donné à la naissance. On donne des prénoms comme ça chez nous quand les parents ne veulent pas se casser la tête pour trouver un prénom, un vrai. Et certains décident d'eux-mêmes, à l'adolescence, de se donner un autre prénom qu'ils aiment bien. D'autres le portent jusqu'à leurs vieux jours, sans se plaindre. Ils n'ont pas tort.

Pourquoi se plaindre d'un prénom qui ne vous fait aucun mal? Bébé lui, a fait les deux. L'année de son entrée au lycée, il obligeait tout le monde à l'appeler Donatien. Où a-t-il trouvé ce prénom d'ailleurs? On n'a jamais appelé quelqu'un comme ça chez nous. Donatien. Il l'a peut-être trouvé dans un livre ou entendu à la radio. Gare à quiconque oubliait ou persistait à l'appeler Bébé! Il se jetait sur des pierres et menaçait de lui casser la tête. Et petit à petit, devant cette rage qu'on comprenait ou pas, Bébé céda la place à Donatien. Jusqu'au jour où un autre Donatien lui fit perdre goût à ce prénom. C'était un acteur qui jouait le rôle de méchant et de traître dans un feuilleton télévisé brésilien. Un acteur détesté par tous, et par Bébé lui-même. Et il disait « je ne m'appelle plus Donatien, je suis Bébé ». Sans menace ni rage, il retrouva son prénom 'naturel' que seuls ses parents n'ont jamais abandonné. Au nom de quoi ramasserait-il des pierres pour casser la tête à sa mère qui lui faisait tout, juste pour une histoire de prénom ? Et il ne pouvait même pas oser dire à son père qu'il ne voulait plus de ce prénom qu'il lui a donné à la naissance. Non, il ne pouvait pas oser. Tellement il avait peur de lui. C'était un homme dont tout le monde avait peur, même s'il ne disait rien à personne. Il passait toujours son chemin les yeux cloués au sol comme pour ne croiser aucun regard qui l'amènerait à dire bonjour. Il s'arrêtait juste quelques secondes devant les anciens du quartier pour échanger quelques politesses. Il ne s'intéressait plus à personne depuis que sa vie a changé. Du fonctionnaire d'état qu'il était, avec une voiture et une vie assez aisée, il tomba dans le dénuement total après son licenciement pour faute grave : le refus de défiler pendant la fête nationale en l'honneur du chef de l'état. C'est ce qu'on appelait chez nous une faute grave. Et il paya cher cette liberté qu'il s'était donnée de manifester à sa manière sa colère contre un régime dictatorial. Sans travail et sans revenu pour nourrir sa famille, il vendit la voiture pour acheter une moto ; puis la moto pour un vélo qui ne dura pas longtemps non plus. Il l'aurait liquidé pour faire une grosse mise de loto. C'est ainsi qu'il devint amer contre tout. Il ne sortait plus de sa maison ; sauf pour aller dans un kiosque à loto et jouer au London Pool, une loterie dont les résultats arrivaient d'Angleterre tous les samedis soir. Ce London Pool, quel malheur ! Il ratiboisait tous ceux qui, croyant pouvoir s'en sortir par un formidable gain, faisaient des prêts ou vendaient leurs biens pour jouer,... jusqu'à la ruine. Et on voyait le père de Bébé sortir de ce kiosque, le regard figé, le visage fermé ; assez effrayant. Comment un fils pourrait-il menacer un père qui allait si mal, pour une histoire de prénom?

Bébé est parti sans attendre d'avoir sa licence, sans même finir son année universitaire. Il est parti parce que « avec ou sans diplôme, disait-il, je sais ce qui m'attend ici. Vaut mieux aller tenter ma chance ailleurs. » Et ce têtu de Bébé est parti un beau jour comme ça, sans se soucier de la peine qu'il causait à sa mère. Avec tout ce qu'on entendait sur le désert, les coupeurs de route et les tempêtes de sable dans le Sahara, elle ne pouvait pas être rassurée.

Bébé, c'est ce genre de garçons prêts à tout pour s'en sortir, même s'il fallait gravir le Kilimandjaro. Pour lui «la vie, c'est un couteau». Pour en profiter, il faut savoir prendre le bon bout et si ce bout n'est pas du côté où l'on se trouve, il faut bouger pour y arriver. On savait qu'il n'hésiterait pas à partir si l'occasion se présentait, mais on n'imaginait pas qu'il se déciderait ainsi, sur un coup de tête, comme s'il avait pété les plombs.

Ceux qui savent analyser les actes humains diraient que Bébé n'est pas parti seulement parce qu'il voulait réussir sa vie. Ils concluraient après avoir exploré son passé, qu'une frustration enfouie quelque part dans son inconscient s'est sublimée en une témérité et l'aurait poussé à se lancer dans cette aventure vers l'Europe, sans craindre le danger. Bébé aurait pu, quand il était plus jeune, visiter les États-Unis ou la France. Son père avait mis l'argent de côté pour offrir à sa famille un voyage de rêve, comme le faisaient certains fonctionnaires de chez nous. Malgré les billets d'avion aller-retour et la réservation d'un hôtel dans le Bronx, la demande de visa fut refusée par le consulat des États-Unis. Motif : manque de preuves suffisantes pour un retour de la famille. Bref, les Américains pensaient qu'ils profiteraient de ce visa de touristes pour s'installer dans leur pays. Il refit la demande avec cette fois-ci un courrier du directeur de son service qui se portait garant de son retour. Sans succès. Il tenta alors sa chance au consulat de France pour amener sa famille visiter Paris. La demande de visa fut rejetée sans motif explicite. Bébé, qui parlait tant de ce voyage et rêvait de prendre deux fois l'avion : à l'aller et au retour, était inconsolable. S'il avait eu cette chance de voyager et de visiter les États-Unis ou la France, cela aurait peut-être calmé ses fantasmes. Qui sait ?

Il est alors parti avec ce sac de voyage, sans veste ni vêtements chauds. Il est parti comme chassé de chez lui ; et nous n'avons jamais eu le courage de demander de ses nouvelles à sa mère de peur d'attiser ses angoisses.

Est-il arrivé à bon port? Il n'avait pas de destination précise, mais il est sûrement arrivé quelque part, et a peut-être trouvé le bonheur au bout de cette aventure.

Je n'arrive toujours pas à trouver le sommeil. Je m'efforce de fixer ma pensée sur des choses plus agréables pour apaiser cette inquiétude lancinante, mais je n'y parviens pas

Je me souviens aussi d'Irène, une ancienne camarade de classe de ma sœur, mère d'un petit garçon de trois ans à l'époque, une fille d'assez grande taille qui jouait au football avec les garçons. Elle jouait vraiment comme un garçon, faisant des dribbles et des reprises de volée acrobatiques. Si vous la voyiez jouer, vous l'auriez prise pour un garçon, je vous assure. Bien qu'elle ait des seins et des cheveux tressés, vous auriez eu un doute. Vraiment.

Un après-midi, au cours d'un match de football, nous apprenions qu'Irène aussi est partie. Elle est partie, sans son fils laissé chez sa mère, à bord d'un cargo qui s'en allait vers l'Amérique. Aurait-elle préparé cette aventure sans rien dire à personne ? Aurait-elle plutôt sauté sur l'occasion pour partir ? Il paraît que le cargo a accosté à Buenos Aires et qu'elle a réussi à entrer dans le pays. L'Argentine ! Comment est la vie dans ce pays dont on n'entend parler que pendant la coupe du monde de football ? On ne connaît rien de ce coin en réalité et je n'ai jamais rencontré un argentin d'ailleurs. C'est un pays où il fait peut-être bon vivre. Mais il paraît qu'elle n'a jamais rien envoyé à sa mère pour nourrir son fils. Ce n'est pas bon signe. Qu'est-elle devenue là-bas? C'est un cas parmi tant d'autres qui font penser que la misère favorise la séparation puisqu'elle fait souvent céder à la tentation de l'aventure.

Mon cas est différent. Je suis parti comme un voyageur normal, même si je fuyais mon pays. C'était après la dernière révolte des étudiants réprimée dans le sang. Je suis parti avec une valise toute neuve, un passeport et un visa, un vrai.

Il paraît qu'un jour il n'y aura plus de visa pour voyager d'un pays à l'autre, et que les pauvres pourront se rendre librement dans les pays riches. Ceux qui vivront alors, il faudra bien leur expliquer que le visa c'est juste un bout de papier ou un cachet apposé sur un passeport mais qui vaut plus que de l'or pour ceux qui veulent aller tenter leur chance ailleurs.

Lorsqu'on cherche à partir et qu'on a la chance d'avoir un visa temporaire, les choses deviennent plus compliquées qu'on ne le pense. Surtout lorsque le bruit a couru dans tout le quartier que tu vas partir et que tout le monde te félicite. Quelle pression ! Tu te dis que tu n'as pas le droit de les décevoir ; qu'il faut tout faire pour réussir malgré les limites de ce visa collé sur le passeport.

C'était un soir de juin que je suis parti avec cette grosse valise. J'ai quitté la famille, du rêve plein la tête. Avec la détermination et le sentiment d'être capable de déplacer les montagnes pour dégoter un job le plus rapidement possible.

Ce soir-là augurait des lendemains meilleurs. Des jours où depuis ma nouvelle vie, je ferais des gestes pour les soulager du poids invisible mais pesant du manque d'argent qui entretient la faim et une vie à laquelle je ne peux donner de qualificatif. Je dirais seulement que la vie est pénible quand on ne peut manger à sa faim et se soigner de ces maladies qui finissent par porter un sévère coup à l'organisme ou l'anéantir complètement.

Nous avons mangé comme lors d'une fête. On a bu de la limonade et mangé du chocolat. Pour rassurer ma mère que mon aventure serait meilleure que celle de ceux qui ne donnaient plus signe de vie depuis leur départ, on parlait de ces jeunes qui traînaient dans le quartier et qui ont pu, par chance, partir aux États-Unis en gagnant à la loterie visa. Ils envoyaient régulièrement de l'argent à leurs parents et construisaient de belles maisons pour les loger confortablement.

La loterie visa est un programme d'immigration lancé chaque année par les Américains pour permettre à ceux qui seraient tirés au hasard de partir vivre et travailler aux États-Unis. Et devenir au bout de quelques années des citoyens américains. Sans blague ; eux seuls organisent une pareille loterie au monde. Tu écris ton nom, ta date de naissance, ton adresse ; avec une photo aux dimensions bien précises collée sur le papier, que tu mets dans une enveloppe aux dimensions bien précises. Et tu l'envoies à une adresse bien précise selon ton pays de résidence. Et tu attends, tu pries pour que ton papier soit tiré. Et si un jour, plusieurs mois plus tard, tu reçois un courrier venant des États-Unis, une grande enveloppe à fenêtre, même sans l'ouvrir tu sais déjà que tu as gagné à la loterie visa. Et tu commences à penser au jour où tu prendras l'avion pour partir en Amérique là-bas. Mais tu n'as pas tout à fait complètement gagné car il faut maintenant remplir toutes les formalités qui relèvent souvent d'un parcours du combattant. Il faut trouver l'argent pour faire les analyses médicales, trouver une caution bancaire, c'est à dire quelqu'un qui peut se porter garant, quelqu'un qui a beaucoup d'argent en banque. Et ce n'est pas facile à trouver, je vous assure. Si tu ne trouves personne pour se porter garant, tu échoues à l'interview comme on échoue à un examen oral. Et tu sors la tête basse, sans visa. Adieu les États-Unis !

Cette loterie visa change vraiment la vie de ceux qui gagnent. Ils s'en vont loin de l'indigence. Même si arrivés là-bas, ils ont souvent le mal du pays et découvrent une autre réalité, avec une vie de sacrifice aussi épuisante que déprimante, ils deviennent des gens respectés dans leur famille et accueillis comme des princes lorsqu'ils reviennent passer leurs vacances. Ce visa leur donne l'honneur et la gloire qu'ils n'auraient jamais eus s'ils étaient restés chez nous.

Nous avons surtout parlé d'un homme connu dans le quartier comme un flâneur que personne ne respectait, même s'il le méritait au moins pour son âge. Il a eu la chance de gagner à la loterie visa et est parti à New York pour travailler comme plongeur dans un grand restaurant. Il a construit une maison pour loger sa mère et ses sœurs. C'est ainsi qu'il a gagné le respect de tout le monde ; et tous les jeunes l'appellent maintenant grand-frère.

«La France, ce n'est pas l'Amérique, mais c'est mieux qu'ici », dit une amie à ma mère.

Ah ! ma mère. Je la sentais un peu tendue ce soir-là. Elle paraissait soucieuse, inquiète même. Est-ce le sentiment de me voir partir qui la bouleversait autant? Elle avait toujours souhaité que je trouve une occasion pour partir moi aussi, mais les choses ont changé depuis le décès brutal de mon père. Me voir partir la bouleversait vraiment.

Partir. Le rêve se réalisait ce soir-là ! Les portes du bonheur s'ouvraient devant moi et je m'y enfonçais le pas enjoué, le visage gai et lumineux, vers cet avion qui allait s'envoler, vers une autre vie. Le jour où je reviendrais au pays, ce serait avec plus de fierté encore, plus de sourire et des valises remplies de cadeaux.

J'ai compris au bout de trois mois que les choses ne seraient pas faciles et qu'il faudrait beaucoup plus de temps pour m'en sortir et trouver le bonheur dont je rêvais.

Le vieux sénégalais qui m'a hébergé quelques semaines, m'a aidé à comprendre les rouages. Et j'ai pu vivre dans une résidence pour demandeurs d'asile pendant plusieurs mois, jusqu'à ce que tous les recours soient épuisés et que je sois obligé de partir pour ne pas tomber entre les mains de la police. J'ai déjà vu la police à l'œuvre pour expulser quelqu'un de ma catégorie. C'était triste à voir. Je fais tout pour ne pas connaître le sort de cet homme menotté qui se faisait rapatrier, avec quelques affaires ramassées à la hâte. Il pleurait. Que pouvait-il faire d'autre ?

Chez nous, le seul qui n'encourageait personne à partir et qui disait que les voyages ne sont pas une solution, qu'il faut toujours se battre pour s'en sortir et non fuir vers ces pays du nord où rien n'est sûr, le seul qui disait ces choses qui rentraient d'une oreille et sortaient de l'autre, c'était Klaus, le vieil Allemand. Celui qui m'avait appris quelques expressions en allemand ; qui vivait non loin de l'océan, dans une maison à la façade décrépie. Cet Allemand qui allait lui-même chercher de l'eau à la fontaine publique parce qu'il n'avait pas les moyens d'engager une bonne comme tous les blancs de chez nous. Il se débrouillait avec son corps fatigué et vivait comme un des nôtres, comme un vieil homme qui n'avait pas de famille.

Il nous arrivait de lui demander pourquoi il ne rentrait pas chez lui en Allemagne. Et il répondait toujours qu'il avait choisi de vivre chez nous parce qu'il n'aimait pas la vie en Europe ; une vie trop matérialiste, trop stressante, loin de sa philosophie. Trop matérialiste et trop stressante? Que voulait-il dire exactement? On ne comprenait pas vraiment. Ce qu'il appelait sa philosophie, c'était de vivre simplement avec la nature. Il n'aimait pas cette vie européenne qui lui faisait péter les plombs, disait-il. Et il faisait l'éloge de la vie calme et tranquille de chez nous, de cette nature agréable dont il aimait respirer avec délices l'odeur apaisante du matin, loin de la pollution, du stress et de l'esprit capitaliste. Loin de ces gens qui n'ont plus le temps pour une vie simple et qui ne savent plus apprécier les petites merveilles de la nature. Il disait que ce n'est pas très agréable la vie en Allemagne parce qu'on court tout le temps. C'est donc à la recherche d'une vie simple et tranquille qu'il est venu vivre à Lomé, dans ce dénuement qui nous faisait de la peine pour lui qui a pourtant la chance d'être né dans un pays riche. Mais il aimait cette vie, il était heureux malgré tout. Et quelques filles du quartier allaient de temps en temps lui porter ses courses et lui préparer des plats de chez nous, avec moins de piments bien sûr, parce qu'il leur disait : « pas trop de piments, pas trop de piments dans la sauce, je ne suis pas habitué.» Et le jour où elles avaient la main lourde et qu'elles en mettaient un peu plus que d'habitude, on le voyait la bouche ouverte pendant des heures.

Klaus n'était pas de grande taille, contrairement à ce que disait mon grand-père des Allemands. Il disait, mon grand-père, que tous les allemands étaient de grande taille. Et il aimait les appeler «Allemands plus solides que le fer», non seulement pour leur physique mais surtout pour leurs constructions d'une solidité impressionnante. Et il nous parlait de leurs réalisations depuis le début de la colonisation, depuis ces années 1880 où ils débarquèrent chez nous avec leur chef Nachtigal. Ils étaient là pour «civiliser nos aïeux» et leur montrer comment construire des bâtiments en blocs de pierre et des routes en asphalte. Ces routes qui leur facilitaient surtout le transport des matières premières vers la côte pour les envoyer loin, par l'océan, vers l'Europe. Ils avaient aussi construit le wharf dont on voit toujours des vestiges à Lomé. Le wharf, c'est le moyen qu'ils avaient trouvé pour charger et décharger les bateaux avant la construction du port. Ils savaient tout faire, les Allemands, disait mon grand-père. Il les aimait bien ces « Allemands plus solides que le fer ».

Des routes et des bâtiments, ils en avaient vraiment construits, de très solides, qui résistent encore à toute sorte d'intempéries. Et lorsqu'il devient nécessaire de détruire ces vieilles routes allemandes pour en construire de nouvelles plus larges, il faut plus que quelques coups de marteaux-piqueurs. Il faut des bulldozers et mobiliser des moyens assez importants pour casser l'asphalte et arracher le béton de la terre.

C'est comme ça qu'ils sont les Allemands dans toutes leurs constructions, «plus solides que le fer».

Et Klaus qui n'était pas de grande taille et n'avait jamais construit de route, lui qui voyait sa maison s'étioler sans réagir parce qu'il n'avait pas les moyens, on l'appelait aussi «Allemand plus solide que le fer» parce que c'était un Allemand malgré tout. Il avait cette démarche imposante comme celle d'un géant, portant toujours fièrement sa tête, même quand la maladie et la fatigue lui voûtaient le dos. Il marchait avec cette allure de gaillard, comme tous les «Allemands plus solides que le fer», parce que c'était un allemand malgré tout, même s'il vivait chez nous. Et on l'aimait aussi. On l'aimait c'est sûr, parce qu'il m'arrive encore de penser à lui, l'«Allemand plus solide que le fer».

Il n'avait pas tort de nous encourager à rester chez nous. Je le dis comme ça; mais le jour où je trouverai le bonheur ici, je serai sûrement heureux d'avoir choisi de partir, et alors je lui donnerai peut-être tort.

Le seul bonheur qu'il m'arrive d'avoir aujourd'hui, c'est lorsque je pense à ces moments qu'on passait ensemble le soir après le repas, allongés sur des nattes dans la cour, à regarder le ciel tacheté d'étoiles illuminant la nuit. Les soirs de clair de lune nous ravissaient de bonheur parce qu'on avait moins peur de ces formes indéfinissables qui bougeaient dans l'obscurité d'une nuit ténébreuse. Je repense souvent à ces soirs-là comme si je ne les revivrais plus jamais. Je comprends maintenant que la nature peut dans sa simplicité rendre heureux ; mais il faut quand même un peu de nourriture à côté et avoir de quoi se soigner lorsqu'on tombe malade.

Klaus avait sa façon à lui d'apprécier la nature. Il s'allongeait dehors dans son fauteuil relaxant, la face tournée vers l'océan, et écoutait Ella Fitzgerald, Sarah Vaughan, et autres chanteurs de Blues. Il passait en boucle les chansons de Kelly Family dont il disait avoir assisté au concert en Allemagne. Il nous faisait aimer ces chansons et je demandais souvent à mon père d'acheter les disques pour les écouter à la maison. Et il disait 'je vais les acheter', 'je les achèterai'. Mon père lui n'écoutait que les chansons françaises. Il en avait pris goût parce qu'il avait travaillé comme boy pour une famille française. Si je connais aujourd'hui presque tous les chanteurs français des années 80 et 90, c'est grâce à mon père. J'aurais participé à un concours de chansons françaises que je l'aurais gagné, je vous assure. D'ailleurs la première chose que j'avais achetée avec mes propres économies, c'était un disque de Jeane Manson, celle qui chantait : *Vis ta vie ; Fais-moi danser ; Avant de nous dire adieu...* Des chansons que j'écoutais à longueur de journée ; tellement je les aimais. C'est ici en France que j'ai su que Jeane Manson n'est pas Française. D'origine, je veux dire. C'est une Américaine qui a choisi de s'installer en France et de chanter en français. D'ailleurs, je me demande comment font les Américains qui souhaitent venir en Europe. Cela m'étonnerait qu'ils connaissent autant de difficultés que nous pour obtenir un visa. Les États-Unis, ce n'est pas un pays comme les nôtres. Les riches se visitent entre eux et s'accueillent sans se compliquer la vie, parce qu'ils n'ont pas peur de se contaminer d'une quelconque pauvreté.

Combien de fois n'ai-je pas rêvé d'aller aux États-Unis ou en Angleterre. Il paraît que là-bas les gens de ma catégorie peuvent facilement travailler. C'est ce que disait Trimbal John, un Sierra-léonais que j'ai connu dans la région parisienne.

Trimbal John. Voilà un type qui mérite qu'on lui délivre une carte de séjour, au moins par pitié, diriez-vous si vous connaissiez son histoire. Il est arrivé de Sierra Léone, fuyant la guerre qui ravageait son pays. Vous avez sans doute entendu parler de ce pays à cause de la terrible guerre civile qui poussa des millions de personnes en exil. Inimaginable cette guerre. Comment imaginer que des humains pussent être aussi cruels ? Des cruautés qui faisaient hérisser les poils lorsque Trimbal John les racontait. Je ne peux m'empêcher de penser à tout ce qu'il a vu de ses propres yeux : ces mutilations délibérément pratiquées sur des milliers de personnes ayant croisé la route des hommes en guerre, ou dont les villages ont été envahis par ces détraqués qui n'avaient pitié d'aucun vivant. Des hommes, des femmes et mêmes des enfants souvent enrôlés de force et rangés sous les ordres d'un certain Foday Sankoh, s'adonnaient, comme dans un jeu, à amputer les pieds, les mains, parfois même les oreilles, à de paisibles villageois. Ils terrorisaient la population et faisaient parler d'eux dans le monde entier. Ils organisaient même des loteries pour déterminer quel membre du corps amputer. Absolument inhumain! Et leur chef alors? Ce Foday Sankoh, était-il un humain? Peut-être. Mais c'était sûrement un fou. Sinon, comment pouvait-il commettre avec sa troupe de dévoués insensés, ces cruautés sans nom? Trimbal John en parlait vraiment comme d'un fou à lier, avec qui les chefs d'état et les responsables de l'ONU discutaient pour essayer de mettre fin à la guerre, lui promettant des contreparties pour l'amadouer et l'amener à con-vaincre ses hommes de déposer les armes. C'était peine perdue, puisqu'il n'en faisait qu'à sa tête, il agissait sans raison. C'était un fou lourdement armé et soutenu par d'autres. Et voilà comment il fit souffrir, dans sa folie, des millions de personnes.

Trimbal John disait qu'il avait échappé de peu aux hommes de Foday Sankoh qui enrôlaient de force tous ceux qu'ils trouvaient dans les villages où ils passaient, sans distinction d'âge ni de sexe. Ils obligeaient tout le monde à prendre les armes pour combattre à leurs côtés. Même les enfants devenaient de véritables guerriers lorsqu'ils les abreuvaient d'alcool et de drogue. C'est comme ça qu'ils fabriquaient ces enfants soldats qui ne gardaient d'humain que leur corps.

Cette guerre avait commencé un beau matin, lorsqu'un groupe d'hommes mené par Foday Sankoh, une troupe composée entre autres d'anciens rebelles du Libéria, s'était mise à attaquer des villages de l'est du pays sur la frontière libérienne, avec pour objectif de débarrasser le pays du gouvernement jugé corrompu et dictatorial. Et la guerre dura de nombreuses années. Tous les accords signés étaient sans succès. Il fallut l'intervention des armées étrangères et l'arrestation de Foday Sankoh pour retrouver une paix précaire. Et

Trimbal John en avait profité pour fuir le pays. Comment avait-il pu réussir à traverser les frontières et à aller de pays en pays pour arriver en France? Je n'ai jamais pu lui poser la question. Il en avait tellement à raconter qu'on n'osait plus demander des détails sur son aventure. « J'ai vu des choses horribles », disait-il toujours lorsqu'il racontait ces histoires à faire pleurer.

Il a tout fait pour vivre en France et s'intégrer. Il a appris le français, il mange la cuisine française, le fromage et tout. Il fait toujours la bise aux femmes au lieu de leur serrer la main... Mais sa demande d'asile a été déboutée. Il lui restait une dernière chance avec le recours ; et il cherchait jour et nuit d'autres preuves à ajouter à son dossier pour donner plus de crédibilité à sa demande. Pourtant, il ne manquait pas d'arguments, ce demandeur d'asile bien connu dans cette banlieue parisienne. Allez là-bas et demandez d'après Trimbal John. Je vous assure que la première personne sur qui vous allez tomber dans un bar-tabac le connaîtrait. Il parlait avec tous ceux qu'il croisait dans la rue, même avec ces dames qui semblaient tout le temps pressées. Et on l'appelait toujours par son nom et prénom : Trimbal John. L'un ou l'autre seul ne pouvait vraiment désigner ce type inoubliable. Il avait toujours un bonnet sur la tête et un blouson d'hiver qu'il mettait même quand il faisait beau. «Tu ne sais pas où tu vas rester dormir le soir. Il faut tout prévoir mon ami », disait-il quand on s'étonnait de le voir dans ce blouson d'hiver.

Il aurait aimé aller en Angleterre ou aux États-Unis, mais le sort en avait décidé autrement. La France lui était plus accessible. C'était déjà bien pour sauver sa peau …

6

Le jour s'est levé discrètement sur la résidence. C'est apaisant pour l'organisme de dormir un peu, surtout quand on est tracassé par des soucis.

Gaétan n'a pas cours ce matin, mais doit aller travailler au restaurant du CROUS. Nous avons pris un petit-déjeuner vite fait et il est parti.

Flavien et moi sommes sortis aussi. Nous ne pouvons pas rester dans la chambre en son absence, puisque c'est interdit aux étudiants d'héberger quelqu'un.

Nous avons marché jusqu'à la place Maginot.

La place n'est pas aussi vaste que ça, mais elle semble attirer tous les flâneurs et concentre une foule de passants. Un endroit idéal pour demander où trouver du travail dans cette ville. Mais nous n'osons pas.

Assis sur un banc, nous regardons les jongleurs qui s'amusent près de la statue du souvenir. Cette statue qui rappelle l'annexion de l'Alsace et la Lorraine par les Allemands lors de la guerre de 1870. Elle représente deux femmes enlacées dont l'une a la tête appuyée contre l'épaule de l'autre. On dit de cette statue qu'elle symbolise la Lorraine pleurant sur l'épaule de l'Alsace dans cette épreuve qui les unifiait sous le joug de l'envahisseur. Je passe un long moment à dévisager ces enlacées inertes et insouciantes, ces personnes faites de pierre qui ne souffrent de rien et ne connaîtront jamais une vie d'errance. Et je les trouve libres, enviables dans cet état, loin de la vie qui nous supplicie parfois.

Flavien est parti faire un tour à la FNAC et je décide d'aller chercher du travail. Mais je m'arrête tous les cent mètres comme lorsqu'on ne sait pas où l'on va.

Je m'arrête devant le cinéma UGC pour regarder les affiches des nouveaux films ; et je suis saisi par la tentation de faire comme les autres : rentrer et prendre un programme, avant de retourner m'asseoir à la place Maginot. Je passe le temps à regarder les passants et les visages de pierre de ces statues conquises par la vétusté.

Flavien est revenu de la FNAC. Nous sommes allés acheter du pain de mie et deux canettes de Coca Cola à ALDI. Puis, on s'est baladé dans la ville pendant un long moment, avant de retourner à la FNAC écouter de la musique sur les bornes pour faire passer le temps et nous divertir un peu : un leurre pour tromper l'attente et les soucis, un bluff pour passer une vie à peu près normale en attendant 17 heures pour retourner à la résidence universitaire.

Les journées se passent à peu près de la même manière.

Flavien et moi devons ramasser et ranger le couchage avant que Gaétan n'ouvre la porte. On prend vite fait un petit-déjeuner. Gaétan s'en va et nous allons nous balader au centre-ville ou cher-cher du travail dans la restauration et le bâtiment. Il nous arrive même de traîner jusqu'à Essey-lès-Nancy pour chercher du travail sur les chantiers de construction. La réponse est toujours la même «amenez-nous un CV et une lettre de motivation. Nous vous recontacterons.»

Un jour, sur un chantier, le patron nous a directement demandé si nous avons le permis de travail. « Si vous l'avez, dit-il, revenez demain je peux avoir quelque chose pour vous. »

Il paraît que les patrons sont de plus en plus prudents parce que les contrôleurs débarquent parfois sur les chantiers sans prévenir, pour vérifier les papiers de tous les employés. Le patron a une lourde amende et de nombreux ennuis si jamais quelqu'un de notre catégorie est employé.

Certains après-midi, quand Flavien se rend à la FNAC pour passer le temps, je m'en vais m'asseoir au Centre Régional d'Information

Jeunesse pour lire les journaux et feuilleter les magazines.

C'est comme ça que nous passons la journée, en attendant que Gaétan finisse ses cours ou son travail pour rentrer.

II
La rivière coule toujours vers l'aval

7

En sortant ce matin, on s'est arrêté dans le hall d'entrée de la résidence pour jeter un coup d'œil sur le tableau d'affichage. Une des affiches annonce un concours de poésie sur le thème : *le voyageur*.

—Si tu sais écrire des poèmes, je te conseille d'y participer, me dit Flavien. Si tu gagnes, sois sûr que tu changes de catégorie. Ils aiment les gens qui triomphent.

Il a peut-être raison. Et si par chance mon poème remportait le premier prix ! Je me vois déjà en train d'écrire au préfet pour demander une carte de séjour. Il m'enverrait un courrier en recommandé et j'irais chercher ma carte fièrement à la préfecture. Je pourrais alors travailler. Je travaillerais comme un fou, dans le bâtiment, la restauration ou le nettoyage, je m'en fous. Je gagnerais de l'argent et j'en enverrais tous les mois à ma mère. Mon frère pourrait reprendre ses études pour avoir son bac. Et je leur dirais que bientôt je viendrais leur rendre visite. Ma sœur aînée inviterait du monde pour m'accueillir et organiserait une fête. Elle a toujours des idées de fête quand un événement heureux arrive à quelqu'un dans la famille. Elle est comme ça, ma sœur. C'est elle qui eut d'ailleurs l'idée de fêter mon départ. C'est elle qui fit venir le photographe pour faire des photos souvenirs que j'ai toujours dans ma valise. Elle est comme ça ma sœur, elle ne changera pas.

*

Le soir, nous avons mangé un plat à base de manioc avec une sauce épicée que Gaétan a préparée. Il n'a jamais cuisiné dans son pays, mais il se débrouille pas mal. Il lui arrive, pour certains plats, d'appeler sa mère pour savoir quels ingrédients utilisés et à quelle dose. D'ailleurs, ce n'est pas tous les jours qu'il cuisine des plats de chez lui. Les aliments venus d'Afrique sont chers et on ne les trouve que dans ce magasin chinois où nous avons fait les courses cette fin d'après-midi.

Après le repas, Flavien et moi sommes allés nous asseoir dans le parc à côté de la résidence universitaire, pour laisser Gaétan travailler avec ses camarades. Le ciel est bien dégagé et passer du temps dehors n'est pas du tout désagréable ce soir.

– Cette pleine lune me fait penser aux soirs de clair de lune chez moi, dis-je à Flavien.

– C'est la nostalgie … C'est souvent le manque du soleil qui rend beaucoup de personnes nostalgiques de l'Afrique, mais toi c'est la lune. Tu me fais rire, gros.

Et il a ri comme un homme heureux.

Allongé sur un banc, le regard fixé sur cette lune toute ronde, je pense à ces soirs où nous sortions les nattes pour nous coucher dehors. C'était un soir comme ça que mon père nous a raconté comment les Américains ont été sur la lune là-haut et y ont laissé quelques trucs qui pourraient retomber sur la terre et nous causer des soucis. Ils auraient aussi ramené de la lune la conjonctivite, nous disait-on ; cette maladie qui nous fait rougir les yeux, qu'on appelle chez nous '*apollo*'.

C'est depuis ce soir-là que j'ai toujours l'impression de voir quelqu'un ou quelque chose bouger dans la lune. C'est incroyable comment les histoires écoutées par nos oreilles d'enfant peuvent toujours influencer la perception des choses par nos yeux d'adulte.

Gaétan est venu nous chercher dans le parc après le départ de ses camarades. Et je suis allé dans la cuisine pour écrire ces vers qui me trottent dans la tête depuis quelques heures :

J'ai mis dans mon cœur tous mes bagages
car ma vie est errance et voyage
J'emporte avec moi ceux qui me sont chers
tous ceux qui en moi espèrent.
Le jour où tout va mal
dans mon cœur qui devient pâle
je pense à eux et quelques fois je pleure
quand les souvenirs brûlent comme un feu.

Quand tombent la nuit et le froid
je me repose sous une tour
pour attendre le lever du jour
et j'écoute la ville qui s'endort.
Je repars à la pointe du jour
et on ignore qu'ainsi je cours.

J'ai mis dans mon cœur tous mes bagages
car ma vie est errance et voyage.
Je m'en vais au lever du jour
et on ignore qu'ainsi je cours.

– Voici le poème que j'ai écrit pour le concours. Dites-moi ce que vous en pensez.

Gaétan l'a lu à haute voix.

– C'est trop triste, dit-il. Ils ne le liront pas deux fois ton poème. Ils aiment quand ça fait rigoler, quand ça fait rêver. Des histoires pour oublier les peines de la vie. Pas ces poèmes tristes qui font pleurer. Écris un autre.

— Je n'ai pas d'autres idées.

— Envoie-le. Ne te laisse pas décourager par Gaétan. Qui ne tente rien n'a rien. Envoie-le, dit Flavien.

Je n'ai pas assez d'imagination ou de talent pour écrire un poème plein de joyeux transports. J'aime bien écrire mais j'attends toujours que l'inspiration me porte. Et elle me plonge souvent dans des histoires tristes. Est-ce ma vie qui me joue ainsi de sales tours chaque fois que je peux écrire quelque chose de bien pour remporter une victoire et changer ce sort désagréable qui malmène l'esprit et affaiblit le corps ? J'aurais fait des études littéraires que j'aurais ce talent ou cette facilité à inventer des histoires qui captivent les lecteurs et fascinent les jurés.

Il paraît que pour être un bon écrivain ou un grand poète, il faut étudier la littérature. C'est ce qu'a fait Thomas, un ancien camarade de classe de ma sœur, un garçon qui vivait dans une maison à deux pas de l'école primaire. Il vit aujourd'hui aux États-Unis grâce à un livre qu'il a écrit. En anglais bien sûr.

C'était un élève hors pair, un étudiant exceptionnel qui eut du mal à justifier auprès de ses parents et des enseignants, son choix de filière à l'université. Brillant élève qu'il était, un baccalauréat scientifique décroché avec mention, il choisit de s'inscrire en faculté d'anglais. «Quel gâchis !» se désolaient ceux qui espéraient le voir étudier les sciences, entrer en faculté de médecine ou passer le concours de l'école d'ingénieurs. Et il avait vraiment la possibilité de réussir brillamment. Mais, quel gâchis ! Il choisit d'étudier l'anglais parce que sa passion c'était la littérature et son ambition : écrire des livres. En anglais, parce qu'il disait qu'il y a plus d'opportunités pour un écrivain dans le monde anglophone. Il s'est inscrit au centre culturel américain où il se rendait plusieurs fois par semaine pour écouter des documents audio et emprunter des livres qu'il dévorait comme un ogre. Sa passion pour la littérature et l'écriture est devenue plus forte lorsqu'il a découvert dans une revue littéraire qu'une Togolaise réfugiée aux États-Unis était l'auteur d'un best-seller intitulé *Do they hear you when you cry* ? Je ne me souviens plus de son nom, mais le titre du roman m'est toujours resté collé à la mémoire. Elle y racontait sa propre histoire : sa fuite la veille des noces afin de ne pas être excisée (car son futur époux exigeait qu'elle soit excisée, comme le voulait la tradition). Grâce à l'aide de sa mère et de sa sœur, elle réussit à s'enfuir pour se rendre d'abord en Allemagne, puis aux États-Unis où elle a pu obtenir un statut de réfugiée.

Une mère qui aide ainsi sa fille à échapper à l'excision, dans ces tribus où le poids de la société et les jugements des clans pèsent lourd sur le quotidien, une telle mère mérite d'être félicitée pour son courage. Dans la plupart des cas d'excision ce sont les mères et les autres femmes du clan familial qui retiennent les filles pour les exciser. Quelle ignorance ! Mais pour elles, et pour tous ces hommes à l'esprit borné sur des traditions archaïques, ce n'est pas de l'ignorance lorsqu'on se soumet aux rites. C'est de l'obéissance. Ces rites incompréhensibles dont on ne cherche pas à connaître l'origine. Par peur de subir la foudre de divinités imaginaires ou de vivre le malheur, ils se laissent aller à ces cruautés, ces mutilations qu'ils jugent salvatrices ou source de bonheur. Quel dommage!

Je n'ai jamais vu un cas réel d'excision chez nous; mais il paraît qu'elle est pratiquée dans certains villages et que les filles qui la subissent ignorent qu'elles peuvent porter plainte, ou ne savent vers qui crier au secours. Et elles se soumettent au malheur, en silence, meurtries et abîmées à jamais.

En découvrant le succès littéraire de cette Togolaise aux États-Unis, Thomas s'est rendu compte que son rêve d'écrire et de se faire publier n'était pas impossible, même s'il serait très difficile de trouver un éditeur en Amérique en vivant dans un tout petit pays comme le Togo, inconnu des Américains, ou presque.

Thomas, c'est le seul garçon sur terre que j'ai vu avec, tous les jours, un livre ou un cahier à la main. Tellement il aimait étudier. Il était aussi studieux parce qu'il a croisé très tôt dans sa scolarité, comme moi aussi d'ailleurs, le chemin d'un maître qui lui a ôté le goût de la paresse, comme on en a souvent à cet âge où les jeux entre copains prennent plus de place dans la tête que les lettres et les chiffres. Ce maître a été surnommé Barrabas, parce que son bâton pour punir portait cette inscription : *Barrabas*. Un maître et un bâton dont on garde à jamais le souvenir. C'était avec la peur au ventre qu'on faisait la rentrée des classes quand on passait au CE1, la classe qu'il tenait. Je me souviens encore de cet après-midi où j'ai menti à mes parents pour ne pas aller à l'école. C'était deux ou trois semaines après la rentrée. Je n'avais nulle envie de retourner à l'école cet après-midi après avoir passé la matinée au dispensaire pour la vaccination. Je savais qu'on allait faire un exercice, résoudre un problème d'arithmétique ou de système métrique. Un devoir qu'on n'était jamais sûr de réussir, surtout avec cette peur de Barrabas qui nous nouait la gorge et faisait trembler nos doigts. Et je voulais rester à la maison. Mais non, il fallait y aller. Mes parents n'ont jamais toléré qu'on sèche l'école. C'est notre avenir, il fallait être assidu et sérieux. Et on l'était. Oui, j'étais sérieux à l'école. Sauf cet après-midi où j'ai pu réussir à leur faire avaler la couleuvre. Je me suis bien habillé (sauf aux pieds car j'avais perdu mes sandalettes), j'ai demandé un nouveau stylo à ma mère, et je suis parti. C'est en chemin que j'ai trouvé le truc : ce petit mensonge qui suscita une grande peur chez mes parents. J'ai pris une épine de cactus et je me suis piqué la plante du pied. Je suis rentré en boitant, et j'ai dit, en pleurant, « j'ai marché sur un os de serpent...»

«Quoi!!! un os de serpent!?...Par où es-tu passé? », hurlait ma mère les yeux écarquillés de peur. Mon père s'est précipité pour aller chercher une poudre antivenin et on m'a fait asseoir sur une natte pour me soigner. Un os de serpent, c'est ce qu'il y a de plus venimeux comme reste d'animal, nous disait-on pour nous mettre en garde lorsque nous marchions pieds nus dans le bois. Et voilà ! Le malheur est arrivé.

Allongé sur la natte, je savourais ce malheur qui me sauvait d'une bastonnade de Barrabas. Et je me suis laissé emporter par le sommeil.

Lorsqu'on croise ce maître dans sa vie scolaire, on bosse dur, à coup sûr. Pourtant, ce n'était pas le cas de tout le monde. Certains étaient devenus plus réticents, jusqu'à abandonner complètement l'école, parce qu'ils n'en pouvaient plus de prendre des coups. Comme Sédoh par exemple. Un vrai cas d'écolier buissonnier celui-là. Il redoubla plusieurs fois le CP ; et avait plus de douze ans au CE1. Après quelques jours où il put résister à la tentation de l'école buissonnière, il finit par être rattrapé par le démon des buissons. Il séchait l'école pour aller grimper aux cocotiers. Il grimpait comme un singe et rendait service aux vendeuses de coco moyennant quelques pièces. Lorsque le maître envoyait les grands garçons du fond de la classe le chercher, ils le retrouvaient toujours dans une cocoteraie et le portaient de force jusqu'à l'école. On le punissait de trente coups de Barrabas ; et il promettait, jurait même, de ne plus jamais sécher l'école. Mais rien à faire, c'était plus fort que lui. Il était toujours absent. Pour l'aider, ou nous dissuader de suivre son exemple, le maître nous fit apprendre ce poème que nous récitions deux ou trois fois par semaine :

Le paresseux
Amusons-nous d'abord, dit Sédoh : mon devoir,
Je le ferai bientôt, je le ferai ce soir.
Le soir, il baille, il dort, mais pour faire sa tâche
Il va, dit-il, demain, réveiller le soleil
Le réveiller! Hélas on l'appelle, il se fâche.
À sept heures encore, Sédoh dort d'un plein
sommeil.

En classe, il est puni, cela n'est pas merveille.
Comment ne pas punir un écolier pareil ?
Moi, pas si fou, je fais tous mes devoirs la veille.
Qui toujours remet à demain
Trouvera malheur en chemin.

Un poème de Louis Ratisbonne adapté au cas de Sédoh. Et chaque fois qu'il est ramené de force par les grands garçons du fond de la classe, on récitait ce poème qu'il écoutait à genoux sous le tableau noir.

Un jour, fatigué d'être sur les genoux, il se leva et dit au maître, en sanglots :

– Monsieur, je veux aller au collège. Laissez-moi aller au collège, s'il vous plaît!

C'était notre rêve à l'école primaire d'entrer au collège. Parce qu'au collège on ne punissait plus les élèves paresseux. Ils étaient libres d'apprendre leurs leçons ou pas, sans craindre de recevoir quelques coups de bâton.

– Mets-toi à genoux! cria le maître. Tu crois que c'est en grimpant aux cocotiers que tu monteras au collège ?

Nous avons éclaté de rire avant de nous ressaisir.

Le lendemain, la place de Sédoh était vide. Les grands garçons du fond de la classe ont été le chercher dans toutes les cocoteraies, partout ; en vain. Ils ne l'ont jamais retrouvé.

C'était notre terreur ce maître dont parlait Thomas comme celui qui lui a donné l'envie d'étudier, toujours étudier pour ne pas oublier un mot, une phrase de ses leçons. Mais qu'est-ce qui lui est passé par la tête, lui qui était si brillant à l'école, de s'inscrire en faculté d'anglais? Personne ne comprenait sa motivation et son ambition, jusqu'au jour où il nous annonça que son premier roman est publié par un éditeur américain. Et c'était la surprise générale lorsque nous avons appris que ce roman intitulé *Tell me where is my futur* (ce qui donnerait en français quelque chose comme *Dites-moi où est mon avenir*) est salué par la critique et qu'on parlait même de lui dans les revues américaines et tout. C'est comme ça qu'il a réussi à obtenir un visa pour aller poursuivre ses études aux États-Unis.

C'est lui qui m'a fait comprendre qu'on peut franchir les murs de l'indigence grâce aux livres. Et je regrette de ne pas avoir étudié la littérature. Ma vie aurait peut-être connu un meilleur sort.

8

Après un mois et demi d'errance, je décide de pousser les portes des associations pour leur offrir ma volonté de travailler en tant que bénévole. Plusieurs associations m'accueillent à bras ouverts. Je choisis ce qui me paraît plus simple à faire : lire aux aveugles et malvoyants et les aider à remplir leurs documents administratifs.

Je suis recruté par l'association « Offrir sa voix » pour aider monsieur Duterre, un non-voyant qui habite près du siège de l'association. Mon premier rendez-vous chez lui est fixé pour demain après-midi.

Dans l'attente de cette première rencontre, je fais le tour de différents chantiers de construction et de restaurants, dans l'espoir qu'on me dise 'oui' quelque part. Mais rien.

Ce soir, Gaétan a réchauffé du atiékê pour le repas et a invité Papis qui adore ce plat. C'est un jeune Sénégalais qui vient souvent suivre le journal parce qu'il n'a pas de télé dans sa chambre.

Papis est venu en France pour des études de sciences économiques. Il espère retourner travailler au ministère des finances du Sénégal après son Master. Il paraît qu'il a un oncle là-bas, quelqu'un de haut placé qui pourra le pistonner. Et il y croit. Mais pour le moment, il profite de ses études en France pour vivre pleinement sa liberté, loin de ses parents et de sa communauté. Il nous disait l'autre jour qu'il a choisi de ne pas observer le jeûne du ramadan, parce que rien ne l'oblige à se priver de nourriture à dates et horaires fixes. Il le fera quand il voudra, comme il voudra. C'est ça la liberté. Chez lui à Tambacounda là-bas, qui est-il pour oser dire à ses parents qu'il ne va pas observer le ramadan comme tout le monde ? Il serait obligé de se plier aux traditions comme les autres, pour ne pas attirer l'ostracisme, cette foudre sociale qui frappe dans les communautés où la liberté vis-à-vis des traditions se paie lourdement. Il nous disait qu'en Algérie ou au Maroc, certains jeunes ont été mis en prison pour avoir osé manger à leur guise pendant le ramadan. Nous n'avions pas cru, mais il a juré que c'est vrai, les journaux en ont parlé. En tout cas, lui, personne ne va le mettre sous les verrous ou lui infliger quelques châtiments ici en France. Il est libre de manger avec nous et regarder la télé tranquillement, loin des regards censeurs.

C'est par un drame de l'immigration que débute le journal ce soir : le naufrage d'un bateau chargé de migrants africains. Les images sont d'une tristesse à couper l'appétit.

– Encore un naufrage de clandestins ! s'écrie Gaétan.

Les migrants tentaient de rejoindre une île italienne quand leur embarcation, un bateau de pêche surchargé, s'est retournée et a chaviré sous la tempête. Quatorze personnes seulement ont pu être secourues par les garde-côtes, parmi les cent cinquante qui étaient à bord du bateau. Je ne peux décrire l'émotion qui me traverse en voyant ces vies perdues à la recherche d'un meilleur sort. Et nous nous sommes mis à discuter de ces drames récurrents de l'immigration clandestine. De ces parents qui ignorent le sort de leur fils parti pour un voyage plein d'espoir, et qui se retrouve noyé ou perdu à jamais dans les flots. Ils espèrent qu'il reviendra un jour. Ils attendront toujours son retour.

C'est en évoquant cette triste attente perpétuelle d'une mère, d'un père ou d'une épouse, que Papis nous raconte l'histoire de son cousin parti comme ça par bateau avec un groupe de migrants. Il n'a plus donné signe de vie depuis plus de sept ans maintenant. Personne ne sait ce qui lui est arrivé, ce qu'il est devenu. Sauf lui, Papis. Il a appris auprès d'un Malien qui connaissait bien son cousin, qu'il est mort dans un naufrage dans le canal de Sicile. Le frère du Malien était dans le même bateau, mais lui eut la vie sauve grâce aux secours et fut transféré avec quelques dizaines de rescapés sur une vedette des garde-côtes italiens jusqu'au Port Empedocle. Et Papis croit, malgré lui, à cette révélation.

– Sinon, où serait-il depuis toutes ces années?... Le pire, c'est que la famille me demande souvent si j'ai de ses nouvelles. Imaginez le choc que cela provoquerait chez les parents d'apprendre qu'il est mort noyé dans la mer ! Imaginez !... Non ; je ne me vois pas leur dire ça, dit-il en secouant la tête.

Comment annoncer à des parents que leur fils a été englouti par la mer en tentant de gagner l'Europe? Combien de temps Papis peut-il encore garder ce secret dans son ventre sans saturer son esprit de remords et de peine?

Avant de me coucher, j'ai sorti de ma valise des photos souvenirs dont les bords ont commencé à jaunir à force d'être enfermées dans un tas de vêtements. Juste pour voir la famille. On avait le visage enjoué, le sourire aux lèvres, les yeux emplis d'espoir. J'étais déjà assez maigre sur la photo, mais j'avais l'air beaucoup plus jeune. J'ai l'impression que je ne suis plus le même, mon menton est devenu plus épais, mes joues plus creuses, le cou plus fin, comme une ligne qui porte ma tête avec des cheveux de plus en plus blancs. Il paraît que les cheveux sont très sensibles aux soucis. C'est sûrement vrai. Sinon, je n'aurais pas autant de cheveux blancs à mon âge. Les soucis, c'est dans la tête que ça se passe et les cheveux ne peuvent en être épargnés. Ils en prennent un coup et vieillissent plus vite que le reste.

9

C'est l'image des migrants dont l'embarcation a chaviré qui m'est revenue à l'esprit ce matin au réveil. Et j'ai longuement pensé aux proches de ceux qui sont engloutis par les flots.

Il y a de plus en plus de familles brisées par une séparation qu'on pense courte et temporaire, mais qui s'avère très longue et parfois éternelle. Je me sens envahi par une tristesse qui me pousse à regretter d'être parti. Et je repense à ce dont Flavien et moi avions parlé il y a quelques jours, lorsqu'il en avait marre de cette vie d'errance.

« Errer tous les jours comme ça, je suis fatigué. Si ça continue, j'irai prendre cette prime au retour pour rentrer chez moi. J'aurais échoué dans mon aventure, mais ce n'est pas grave. J'en ai marre de cette vie ». Voilà ce qu'il disait l'autre jour quand on mangeait du pain de mie sur un banc au centre-ville. C'était la première fois que Flavien évoquait un possible retour au pays, lui qui se disait prêt à mourir pour s'en sortir. Ce jour-là, fatigué de manger du pain de mie, las de marcher et de chercher du travail, il s'est rendu compte à quel point l'agonie est douloureuse pour ceux qui sont prêts à mourir pour réussir. On ne meurt pas pour s'en sortir. Jamais. On meurt c'est tout. Et nous avions discuté de cette aide au retour des étrangers dans leur pays, ce chèque que le gouvernement français est prêt à offrir à chaque étranger en situation irrégulière qui déciderait de rentrer dans son pays.

J'ai pensé à ce chèque qui me permettrait de rentrer avec quelques billets en poche et surtout payer mes dettes.

Et la honte alors? Comment ferais-je pour supporter cette honte d'être rentré bredouille après trois années passées à tourner en rond dans un pays où d'autres réussissent ? C'est ça le plus dur.

Je suis arrivé chez monsieur Duterre vers 14 heures. Je suis chaleureusement accueilli et mis à l'aise pour commencer ce travail bénévole pour lequel j'avais quelques appréhensions.

Léon Duterre a perdu la vue à cause d'une maladie qui ronge à petit coup le nerf optique. Une détérioration qui débuta tout doucement puis s'est aggravée à la vitesse grand V. Je n'aime pas cette expression de vitesse grand V, mais c'est la seule qui me vient à l'esprit. Il semble que dans l'errance on finit par aimer tout ce qu'on déteste. On finit par tout accepter, tout désirer. C'est peut-être ce qui m'arrive. Je suis en train de perdre quelque chose en moi. Je suis en train de devenir quelqu'un d'autre. Je finirai peut-être par perdre tout ce que je possède et aimer tout ce que je déteste. Et je deviendrai peut-être autre chose, puisque je me demande si je suis encore un homme.

Monsieur Duterre est un homme très cultivé. C'est normal, parce qu'il lisait beaucoup. C'était un enseignant, un professeur de lettres. Un métier qu'il exerça quelques années au lycée français de Cambodge avant de revenir en France. Il a appris plein de choses dans ce pays, dit-il. Il s'est rendu compte que le bonheur ne dépend pas seulement de la possession matérielle, mais de quelque chose d'autre qu'il faut cultiver. Il ne m'en a pas dit plus. Il pense qu'il est plus apaisé grâce à l'expérience de vie qu'il a eue à l'étranger, une expérience qui l'aide à tenir le coup face à cette terrible maladie.

Je pensais rencontrer un homme morose, dégoûté de la vie, puisqu'il a perdu la vue et est devenu dépendant des autres. Quelle surprise de le trouver gai, rayonnant même ! Il paraît qu'il n'y a pas plus joyeux qu'un aveugle. C'est ce que je vois avec monsieur Duterre qui dégage une énergie de gaieté admirable. Qu'est-ce qui le rend aussi joyeux, lui qui a perdu quelque chose d'aussi précieux ? A-t-il une espérance, une foi, un rêve qui le soutiennent et lui maintiennent le moral malgré tout ?

Il a reçu des courriers administratifs et une lettre de Mélanie Duterre.

−C'est ma fille, dit-il. Elle est partie à Oslo il y a trois mois.

Le Courrier m'a fort étonné, avec la description élogieuse qu'elle fait de la Norvège et de sa société, et en même temps sa nostalgie pour la France, ou plutôt sa préférence de vivre en France. Elle dit :

> *J'apprécie ce pays pour son système économique et sa politique sociale très développée. Il paraît qu'il est classé premier sur l'indice de développe-ment humain.*

La population est assez accueillante, même s'il y a de plus en plus de méfiance envers les étrangers... Mais après trois mois passés ici, je réalise que je préfère vivre en France. Je ne me vois pas passer toute ma vie ici. Je ressens un manque, je suis complètement déstabilisée. Je vais revenir en France. J'ai décidé de rentrer le 23 septembre...

On perçoit une tristesse dans sa lettre, une douleur peut-être ; comme celle qui nous gagne tous lorsqu'on s'en va loin des nôtres. C'est fort comment les lieux et les gens peuvent avoir une si grande influence sur le bonheur et la paix de l'esprit.

C'est Mélanie qui lisait les courriers à son père. Je me demande si monsieur Duterre aura encore besoin de moi quand sa fille reviendra ... Et je lui ai posé la question.

–Bien sûr. J'aurai besoin de vous. Ma fille est instable ces temps-ci.

Après un bref silence, sûrement pour penser à sa fille, il ajoute : « Je ne pense même pas qu'elle va rester à Nancy puisqu'elle n'arrive pas à retrouver du travail ici », avant de se lever pour aller aux toilettes.

– Voulez-vous que je vous aide ?

– Pour aller aux toilettes ? Noonnn, je suis chez moi quand même, dit-il en souriant.

Je m'approche de sa bibliothèque qui m'a impressionnée dès que je suis entré dans la maison. Monsieur Duterre a la plus grande bibliothèque personnelle que j'aie jamais vue.

Mon regard s'arrête sur un livre de Jean d'Ormesson pour me ramener le souvenir de monsieur Freeman un Américain que j'ai rencontré pour la première fois dans une médiathèque non loin du foyer où je logeais en Île-de-France. Ce jour-là, il est venu chercher le dernier livre de Jean d'Ormesson. Il m'a souri gentiment et n'a pas hésité à engager la conversation avec moi. Et on a causé un long moment. Il m'a encouragé à ne pas baisser les bras. On a parlé un peu de l'espérance qui peut aider à supporter toute difficulté. Puis il m'a conseillé la lecture des livres de Jean d'Ormesson parce que c'est un auteur qu'il admire.

Monsieur Freeman vit en France depuis qu'il s'est marié à une Française. Tous les deux sont professeurs de sociologie. On se retrouvait souvent dans cette médiathèque; et il m'a quelques fois donné un billet de dix euros.

Je n'ai jamais vu un homme aussi optimiste que monsieur Freeman. Il me disait tout le temps qu'on finit toujours par trouver ce qu'on cherche et obtenir ce qu'on demande. J'aimais parler avec lui parce qu'il avait dans ses expressions quelque chose qui me faisait penser à mon père. C'est bizarre comment un blanc pouvait ainsi ressembler à un noir. J'étais heureux et en même temps triste quand je parlais avec lui. Triste, parce que j'aurais bien aimé revoir mon père. Mon pauvre père avait tant espéré me voir réussir pour ne pas connaître le même sort que lui, cette vie de misère qu'il a connue jusqu'au dernier soupir. Il y a des hommes comme ça à qui rien ne sourit malgré leurs efforts inlassables. Quelle injustice !

J'avoue que je n'ai pas suivi le conseil de monsieur Freeman. Je n'ai pas lu Jean d'Ormesson. Je prends le livre intitulé *Au plaisir de Dieu*, un vieux bouquin avec une couverture cartonnée. Certains passages y sont surlignés, avec des notes manuscrites sur des post-it collés dans le livre. Je m'arrête sur l'un de ces passages :

Douter de Dieu aurait été nous renier nous-mêmes.

Et un peu plus loin :
Dieu soutenait à chaque instant l'ordre immuable des êtres et des choses....
Un athée ne pouvait rien comprendre à l'organisation de l'univers, à l'histoire des hommes, à la morale évidemment, à la géométrie...

Sur un post-it, est écrit au crayon papier :
!!!Comment expliquer l'organisation de l'univers en réfutant l'existence d'un concepteur qui a tout

planifié avec intelligence pour maintenir stable le système et garantir la vie sur terre malgré ces météorites qui pullulent là-haut et pourraient par hasard heurter et pulvériser notre planète ?

Est-ce monsieur Duterre lui-même qui griffonna cette pensée sur le post-it ? La question de l'origine ou de la cause de l'univers motive de nombreuses recherches en sciences et continue de faire bouillonner l'esprit de pas mal de philosophes. Et c'est illogique, je pense, eu égard à l'essence même de la science, d'affirmer que cette cause est accidentelle et dénuée de toute intelligence, comme le font certains intellectuels qui, sans un grain de doute raisonnable, affirment à qui veut l'entendre qu'il n'y a absolument pas d'intelligence derrière l'ordre immuable du système, que tout est venu à l'existence par hasard. Un hasard bien intelligent, dirait-on.

La réponse la plus raisonnable que j'aie jamais trouvée à cette question existentielle est celle de ce sage patriarche nommé Job. Confronté à des questions sur les éléments de la nature et les lois qui régissent l'univers, il affirme après une longue réflexion : « je sais trop peu de choses. Que répliquerais-je? Je mets la main sur ma bouche. »

Quel homme pourrait vraiment répondre à ces questions aussi complexes : qu'y avait-il réellement dans le cosmos avant l'apparition de la terre? Est-ce un hasard ou une intelligence qui a fixé les dimensions de notre planète propre à la vie humaine et l'a placée à cette position idéale, avec cette inclinaison de 23°27 que tous les spécialistes jugent essentielle pour la succession des saisons? Quelle loi s'impose aux vagues de la mer pour qu'elles ne franchissent pas les barrières intangibles qui les empêchent de nous engloutir ? Cette loi qui dit à l'océan : tu viendras jusqu'ici, tu n'iras pas au-delà, ici s'arrêtera le déferlement de tes flots. Est-ce un hasard ou une intelligence qui a imposé ces lois aux éléments de la nature pour maintenir cet ordre immuable dont parle l'auteur ?...

Monsieur Duterre est sorti des toilettes, marchant normalement comme s'il voyait les meubles entre lesquels il passe pour venir s'asseoir.

—Vous avez une très grande bibliothèque monsieur Duterre. Avez-vous lu tous ces livres ?

– Bien sûr. Et j'ai toujours envie de relire certains. Malheureusement je ne peux plus.

– Voulez-vous que je vous lise quelque chose?

Il se laisse tomber dans le fauteuil et me répond en souriant :

—Oui ; je veux bien.... J'ai envie de relire le livre de Théodule Ribot sur les affaiblissements de la volonté. Si vous pouvez le trouver on peut en lire quelques pages.

Et il a l'air joyeux comme si ma présence lui faisait retrouver un bonheur perdu.

En cherchant le livre, il me parle de son admiration pour l'auteur, Théodule Ribot qui a créé et dirigé la revue philosophique, un homme avec qui il a beaucoup de points communs. Breton d'origine, comme lui ; il fit ses études dans le même lycée que lui à Saint-Brieuc.

J'ai finalement trouvé le livre *Les Maladies de la volonté*, et on a lu la partie concernant les affaiblissements de la volonté et les effets sur l'individu. La volonté mobilise un mécanisme psychophysiologique capable de stimuler l'action ou de l'empêcher. Les cas cliniques racontés dans le livre, montrent la force de cette faculté sur notre corps et nos actions, et surtout le rôle du manque de volonté dans les difficultés à agir pour s'en sortir. Il m'a demandé de relire le cas d'un homme rongé par la mélancolie et que le désespoir a poussé jusqu'à une tentative de suicide. Et il a longuement hoché la tête sur ce passage : « *La faculté qui nous a paru le plus notablement altérée, c'est la volonté.... Le malade accuse une impossibilité fréquente de vouloir exécuter certains actes, bien qu'il en ait le désir et que son jugement sain, par une sage délibération, lui en fasse voir l'opportunité ; souvent même la nécessité... La volonté lui fait évidemment défaut.* »

Pourquoi voulait-il relire ce livre sur les affaiblissements de la volonté? A-t-il besoin de ces rappels pour garder le moral et rester toujours positif face à cette maladie qui lui a fermé les yeux? J'ai l'impression de lui avoir instillé, grâce à la lecture de ces pages, une force intérieure qui attiserait sa volonté.

Après quelques minutes de silence, c'est avec une voix presque étouffée qu'il me demande quel est mon plus grand rêve dans la vie.

Mon plus grand rêve, depuis que je suis en France, c'est de pouvoir envoyer régulièrement de l'argent à ceux que j'ai laissés derrière moi. Le jour où j'aurai la possibilité de réaliser ce rêve, je serai vraiment heureux.

—Et vous, quel est votre plus grand rêve, monsieur Duterre?

— Oh,… je n'ai plus de rêve moi. C'est fini maintenant. Je prends les choses comme elles viennent et je ne me plains plus de rien.

Cette réponse me laisse sans voix. J'imaginais l'entendre dire qu'il rêve de recouvrer la vue, parce que ça doit être dur de vivre sans rien voir et ne deviner les choses que par les autres sens. Comment ne pas rêver de recouvrer la vue quand toute votre vie est ainsi plongée dans le noir en temps de veille que de sommeil ? Mais il paraît sincère dans ses propos. Est-ce là le secret du bonheur dont on parle tant : vivre sans trop se soucier de son sort et prendre la vie comme elle vient ? Peut-être.

En partant, il me dit qu'il est content de ce moment passé avec moi. Je le suis aussi. Je suis vraiment content d'avoir passé du temps avec lui. Cette rencontre semble avoir ôté mes soucis pendant quelques heures. Et pour une fois j'ai l'impression d'avoir servi à quelque chose.

Ce soir, Flavien n'est pas en forme. Il a l'air épuisé, moralement. Une sorte d'affaissement de l'âme qui ôte toute envie de parler. Avachi sur sa chaise, les mains croisées sur la tête, le regard dans le vide, il semble ailleurs, emporté par ses soucis.

Nous restons silencieux, sans regarder la télé ni écouter de la musique. C'est dans ces moments de silence déprimant que les souvenirs semblent plus supportables que les projets, car l'avenir n'est qu'un flot d'incertitudes qui affaiblit l'espérance. Je laisse mon esprit s'échapper à travers une image collée au mur, une photo de plage de la Martinique, avec un slogan commercial : *« nos plages vous accueillent tous les jours de l'année. La baignade n'est jamais interdite »*. Et le souvenir d'une histoire de plage me fait sourire.

– Qu'est-ce qui te fait sourire, Michel ? me demande Gaétan.

Et je leur raconte l'histoire :

Nous étions trois amis à nous rendre à la plage ce dimanche-là pour nous baigner. L'océan était démonté et les vagues agitées nous avaient découragés de prime abord de nous jeter à l'eau. On devinait que la baignade était interdite, vu le déferlement des vagues.

Chez nous, il n'y a jamais de drapeaux hissés sur les plages pour indiquer que la baignade est interdite. Il faut le deviner à l'état des vagues. Sinon, on a affaire aux surveillants du littoral.

Les surveillants du littoral sont là avant tout pour veiller sur la propreté de la plage et verbaliser ceux qui vont satisfaire leurs besoins dans le sable. Et le matin, ils ramassent, furieux, les excréments de ceux qui vont nuitamment se soulager au bord de l'océan. Et on leur reconnaît, de fait, l'autorité d'admonester les jeunes qui risquent leur vie en se baignant dans un océan dangereux.

Nous étions assis dans le sable pour parler des filles. J'étais en classe de seconde. Les filles, c'était notre premier sujet de discussion. On avait aussi parlé de Dana Dawson parce que c'était mon coup de cœur. J'aimais beaucoup ses chansons. Et la jeune chanteuse aussi.

Gaétan et Flavien (qui est sorti de sa déprime pour écouter l'histoire) ne connaissent pas Dana Dawson. Cette jeune Américaine à la voix sublime qui chantait *Romantic Word* et courait avec son sac à dos dans les rues de New York et sur les rails, les cheveux attachés par un foulard, pour aller danser (dans le clip). Celle qui chantait *Ready to follow you,* une chanson que j'écoutais cent fois par jour. Oh, qu'est-ce que je l'aimais cette fille ! Je passais des heures à regarder sa photo sur la pochette du disque. Elle portait un blouson en jean dont le col est relevé jusqu'au cou, de profil, le visage de trois-quarts à gauche, un léger sourire, un regard magnifique. C'était mon coup de cœur, je vous dis. Et j'en parlais tout le temps.

Après une longue hésitation, nous avions ôté pantalons et tee-shirts, bravant la colère des vagues, pour nous baigner un peu. Nous n'avions même pas passé cinq minutes dans l'eau avant de voir quatre surveillants du littoral, un bâton à la main, se diriger vers nous en criant : « Hey ! Vous savez que la baignade est interdite, mais vous… ». Nous n'avions même attendu la fin de la phrase avant de sortir de l'eau et prendre nos jambes à notre cou, abandonnant nos vêtements sur la plage. Nous avions couru comme des fous, en slip, pour traverser la route et nous retrouver de l'autre côté. Ils ramassaient nos habits et nous faisaient signe de venir les chercher.

Après quelques minutes de réflexion, ne pouvant rentrer à la maison en sous-vêtements, nous avions décidé de nous rendre, prêts à encaisser les coups pour reprendre nos vêtements. Nous ne nous voyions pas faire trois ou quatre kilomètres en slip à travers les rues de chez nous. Des gamins moqueurs nous suivraient jusqu'à la maison et la honte nous tuerait.

Surtout que les filles nous verraient prati-
quement nus et que tout le lycée serait mis au
courant le lendemain ? Non. Nous ne pouvions
pas rentrer comme ça.

Nous avions pris une dizaine de coups avant
de ramasser nos vêtements. Et on avait fait le
serment de ne jamais raconter cette mésaventure
à la maison.

III
Une espérance et demie

10

Je me rends un peu plus tôt chez monsieur Duterre. J'ai hâte de le revoir, de passer du temps avec lui, dans cette maison où je me sens apaisé comme si je rentrais dans un cocon, loin de tout.

Il n'a reçu aucun courrier. Je lui propose de lui lire un livre.

Ce qui me frappe dans sa bibliothèque, c'est qu'il y a très peu de livres d'auteurs actuels qui cartonnent.

– Les auteurs dont on parle le plus ne sont pas forcément ceux qui m'intéressent, dit-il lorsque je lui ai posé la question. Moi, les livres je les lis quand je suis touché et ému par l'histoire ou le style de l'auteur. Non quand on me dit que tout le monde le lit, il faut le lire ; tout le monde l'achète, il faut l'acheter. C'est devenu un truc commercial les livres maintenant. Ils ne sont plus appréciés pour l'émotion qu'ils suscitent, mais pour la notoriété de l'auteur ou la publicité qu'on en fait. C'est ceux dont les médias parlent ou ceux qui se sont déjà faits un nom qui sont proposés aux lecteurs dans les librairies. C'est normal qu'ils cartonnent comme vous dites.

Il a vu juste. Les livres qui réussissent à se faire connaître de bouche-à-oreille ne sont pas légion. Le succès d'un livre est aujourd'hui fabriqué par les médias. Lorsque leurs bras puissants portent un ouvrage, ils le portent souvent très haut. Et les lecteurs, qui se laissent de plus en plus guider dans leur choix, sont plus tentés de le lire.

J'ai même appris qu'il y a des éditeurs qui vont voir des gens devenus célèbres pour avoir défrayé les chroniques. Ils leur proposent d'écrire un livre sur leur histoire ou sur n'importe quoi pourvu qu'on ait leur nom sur le livre. Et ce sont les noms des auteurs qui sont écrits en très gros caractères pour attirer le lecteur. J'ai l'impression qu'on n'écrit plus pour être lu, mais qu'on est lu parce qu'on est connu.

Les gens n'aiment plus décider d'eux-mêmes sur le plan culturel. Sur tous les plans d'ailleurs. De peur d'être perçus ringards ou de se tromper dans leur choix, ils se fient aux avis de quelques experts médiatiques. On leur dit « lisez ça » et ils le lisent. On leur dit « cet auteur est le meilleur » et ils affirment que c'est vraiment le meilleur.

– D'ailleurs, poursuit monsieur Duterre, les livres sont de plus en plus remplis de détails inutiles parce qu'il faut peut-être qu'ils soient volumineux pour être acceptés par les éditeurs et vendus plus chers. Moi, il me faut cette mélodie littéraire qui me transporte et qui fait que j'aime lire... Je comprends pourquoi les jeunes lisent de moins en moins.

Je comprends aussi. Un peu, je dois dire. Je reconnais que les livres sont de plus en plus gros, comme si l'épaisseur d'un ouvrage pouvait provoquer son intérêt ; mais je ne peux pas dire grand-chose du contenu des livres qui sont publiés ces dernières années. Je n'arrive plus à lire depuis que je suis en France. J'ai été quelques fois dans des bibliothèques et feuilleté des livres dont le titre m'a intéressé, mais je n'ai pas pu les lire. Je n'avais pas la tête tranquille.

–Il paraît que le Renaudot de l'année passée est un bon livre, reprend-il. Mais entre ce qu'on dit et ce qu'on ressent soi-même en lisant, il y a souvent une grande différence.

C'est une question de goût après tout. Il y a des adultes qui préfèrent lire des bandes dessinées que de se fatiguer à lire un roman de trois cents pages.

–Alors, quel livre voulez-vous que je vous lise, monsieur Duterre ?

– Qu'est-ce qu'on va lire ?... Je veux bien relire Maupassant. J'ai appris qu'on passe à la télé des films tirés de ses contes et nouvelles. Je veux bien les relire. Regardez dans la bibliothèque, il y a plusieurs recueils de nouvelles de Maupassant.

– Quelle nouvelle voulez-vous que je vous lise?

– Lisez-moi les titres je vais voir.

...

– *Mon oncle Jules*, on lit celle-là. J'adore cette nouvelle, dit-il.

Mon oncle Jules, c'est une nouvelle dans laquelle le narrateur raconte son enfance à un copain pour lui expliquer pourquoi il donne toujours quelques pièces aux mendiants dans la rue. C'est une de ces histoires écrites dans des livres qui vous font penser à quelqu'un que vous avez connu. Ici, c'est un homme qui n'a pas réussi sa vie malgré ses efforts pour aller tenter sa chance ailleurs. Cet oncle Jules est parti aux États-Unis pour travailler et gagner de l'argent afin de venir au secours de toute la famille restée au Havre, une famille d'une grande pauvreté. C'est une histoire racontée comme un souvenir indélébile, un passé qui resurgit quand on se retrouve en face de gens ou de situations qui provoquent l'émanation d'une tristesse enfouie.

Voici comment débute cette nouvelle :

Un vieux pauvre, à barbe blanche, nous demanda l'aumône. Mon camarade Joseph Davranche lui donna cent sous. Je fus surpris. Il me dit :
– Ce misérable m'a rappelé une histoire que je vais te dire et dont le souvenir me poursuit sans cesse. La voici :
Ma famille, originaire du Havre, n'était pas riche...On économisait sur tout ; on n'acceptait jamais un dîner, pour n'avoir pas à le rendre ; on achetait les provisions au rabais, les fonds de boutique. Notre nourriture ordinaire consistait en soupe grasse et bœuf accommodé à toutes les sauces. Cela est sain et réconfortant, parait-il; mais j'aurais préféré autre chose...

Monsieur Duterre s'est avachi dans son fauteuil, mais paraît attentif comme un enfant à qui on lit une histoire avant de le coucher. Il hoche de temps en temps la tête et semble apprécier l'histoire ou le talent de l'auteur.

La tête relâchée sur sa poitrine, il frémit, poussant un soupir d'acquiescement ou d'étonnement lorsque je lis cette partie :

... Chaque dimanche, en voyant entrer les grands navires qui revenaient de pays inconnus et lointains, mon père prononçait invariablement les mêmes paroles :
– Hein! si Jules était là-dedans, quelle surprise!
Mon oncle Jules, le frère de mon père, était le seul espoir de la famille, ... J'avais entendu parler de lui depuis mon enfance, et il me semblait que je

l'aurais reconnu du premier coup, tant sa pensée m'était devenue familière...

Je ressens un frisson comme transpercé par l'émotion. Je me retrouve dans ce bout de vie raconté sur ces pages. Et c'est avec ce frisson dans la voix que je lis la lettre envoyée par Jules à son frère :

...« *Mon cher Philippe,*
Je t'écris pour que tu ne t'inquiètes pas de ma santé, qui est bonne. Les affaires aussi vont bien. Je pars demain pour un long voyage dans l'Amérique du Sud. Je serai peut-être plusieurs années sans te donner de mes nouvelles. Si je ne t'écris pas, ne sois pas inquiet. Je reviendrai au Havre une fois fortune faite. J'espère que ce ne sera pas trop long, et nous vivrons heureux ensemble... »

Monsieur Duterre pousse un long soupir et je devine qu'il se laisse pénétrer par la lecture. Il y a des récits comme ça qui plongent le lecteur dans une forte émotion et diffusent dans l'esprit de quiconque écoute, des images insaisissables qui emportent dans une rêverie hypnotique. Et j'accélère la cadence, emporté par cette onde d'émotion qui semble faire le va-et-vient entre lui et moi.

...*Pendant dix ans en effet, l'oncle Jules ne donna plus de nouvelles ; mais l'espoir de mon père*

grandissait à mesure que le temps passait ; et ma
mère disait souvent :
– Quand ce bon Jules sera là, notre situation
changera.
Et chaque dimanche, en regardant venir de
l'horizon les gros vapeurs noirs vomissant sur le
ciel des serpents de fumée, mon père répétait sa
phrase éternelle :
– Hein ! si Jules était là-dedans, quelle surprise !

Je fais une pause. Torturé par l'attente décrite
sur cette page qui me fait vivre comme des
supplices ce que doivent ressentir, dans cette
attente interminable, tous ceux qui espèrent en
moi. Ils doivent attendre avec impatience que je
revienne avec un bonheur à partager. Ils doivent
attendre que je vienne changer leur vie. Un
énorme chagrin m'envahit de la tête aux pieds et
je laisse tomber le livre sans faire exprès. Le
bruit fait sursauter monsieur Duterre et je
m'aperçois qu'il dormait plutôt dans son
fauteuil.

–Excusez-moi Michel, je me suis assoupi. Je
suis fatigué… On peut continuer la lecture une
autre fois si vous voulez. Je vais faire une petite
sieste.

–D'accord. Pouvez-vous me prêter le livre ? Je
vous le ramènerai la prochaine fois.

– Oui. Prenez-le. Si un livre vous intéresse, n'hésitez pas à le prendre pour lire, ils sont là pour ça.

Je me suis rendu au Centre Régional d'Information Jeunesse pour lire le reste de l'histoire dont la fin n'est pas bien différente de ce que je redoutais. L'oncle Jules dont on attendait le retour avec espoir n'a pas pu réussir sa vie aux États-Unis. Pire encore, il est revenu, caché dans un navire où il travaillait comme un écailleur. Il ne reviendrait jamais comme on l'attendait, riche, pour rendre heureux son frère et sa famille qui espéraient tant en lui. Ce pauvre homme parti pour s'en sortir est revenu plus malheureux et torturé de honte.

La façon dont finit l'histoire m'émeut terrible-ment car je crains qu'ainsi finisse mon aventure en Europe, que je ne pourrai jamais réussir à tirer d'affaire tous ceux qui espèrent en moi. L'oncle Jules croupissait dans un bateau, comme moi ici, sans domicile, honteux de ne pas réussir pour aider ceux qui espèrent. Et des vers d'Alexandre Latil me viennent à l'esprit :

J'ai contemplé des lieux où j'ai vu le bonheur
Scintiller un instant, pâlir et puis s'éteindre :
Tel un brillant mirage aux yeux du voyageur
Présente l'oasis, qu'il ne peut pas atteindre.
Je suis parti, plein d'un seul souvenir,

Mais je n'ai recueilli dans ce pèlerinage
Que des chagrins amers ; il fallut revenir,
Maudissant à jamais ce funeste voyage.

– Ça va monsieur ?

J'ai sursauté.

« Oui, ça va madame. »

C'est la secrétaire du Centre. Elle me demande gentiment, chaque fois que j'arrive au CRIJ, si le moral est bon; comme si elle connaissait ma situation. Elle est toujours souriante et tout le monde l'aime bien. Elle va bientôt partir en retraite anticipée, dit-elle depuis quelques jours. Il paraît qu'elle ne supporte plus la charge de travail et les nouvelles politiques qui font râler tous ceux qui travaillent au centre. Tous le disent ouvertement : les choses ne s'améliorent pas avec les réformes et il y a de plus en plus d'arrêts maladie.

J'espère que celle qui la remplacera sera aussi charmante.

– Vous êtes sûr que ça va ?

– Oui madame. C'est que je suis enrhumé... Ça arrive souvent que mes yeux coulent quand je suis enrhumé.

– Vous avez attrapé la crève quelque part, dit-elle avant de retourner ranger les documents.

J'ai donc été ému jusqu'aux larmes par ce récit qui évoque l'échec d'un homme parti ailleurs pour chercher le bonheur et qui est revenu plus malheureux qu'il est parti. C'est ainsi l'esprit humain, il recoupe les événements pour nous rendre joyeux ou tristes, nous donner l'espoir ou nous faire souffrir de désespoir. J'ai succombé aux boutoirs du désespoir suscité par la lecture de ce récit. J'y ai aperçu ma vie et j'ai eu l'impression, une sorte de certitude indésirable, que je finirai comme ce Jules. Je retournerai comme ça chez moi, malheureux, caché quelque part pour ne pas décevoir ma famille et leur causer la honte surtout. Comment vais-je pouvoir leur dire que je n'y suis pas arrivé et que je suis revenu bredouille? Comment vais-je pouvoir vivre avec une telle honte et ce sentiment cruel d'échec? C'est ce qui m'a fait pleurer sans m'en rendre compte.

Je prends un journal pour lire, mais aucun titre n'arrive à accrocher mon esprit. Je préfère feuilleter une revue avec des images, un magazine féminin qui parle de modes et de beauté. Et cela a un peu d'effet. La beauté des corps, les regards tendres et hallucinants sous l'effet des maquillages bien travaillés, font porter mon esprit sur quelque chose d'autre qui ne fait pas souffrir. Et je reste à peu près calme, dans ma tête, avant de quitter le centre qui va bientôt fermer.

*

L'ambiance du soir m'aide à retrouver le moral. Nous sommes allés à la fête organisée par un congolais qui vient d'obtenir sa carte de résident. Cette carte de dix ans lui a été délivrée à l'issue de sa demande d'asile. Il nous raconte comment il a dû batailler dur pour arriver aujourd'hui à ce résultat : cette carte qu'il brandit de temps en temps en disant « je l'ai, je l'ai enfin ».

Le parcours de cet homme est une histoire à raconter à tous ceux qui rêvent d'aventure. Après quelques mois passés en France en situation irrégulière, il est parti vivre trois ans en Italie, deux ans en Espagne, dix-huit mois en Allemagne, avant de revenir en France. C'est la reprise de la guerre dans son pays qui lui a permis de déposer une demande d'asile et d'être là aujourd'hui, heureux d'avoir enfin fini avec cette vie d'errance.

« Maintenant je vais pouvoir être maître de ma vie » dit-il.

Il est vraiment heureux. Avec ce papier en poche, sa vie va changer. Il va réaliser ses projets, travailler et envoyer de l'argent à sa femme et ses enfants laissés derrière lui et qu'il n'a pas revus depuis plus de neuf ans.

Nous sommes rentrés vers minuit, repus et épuisés. Gaétan a allumé la télé, par réflexe ; et on est tombé sur un débat sur la pollution. Ils disent que malgré les différents protocoles, les émissions anthropiques de gaz carbonique augmentent toujours. Un Français produit environ dix tonnes de gaz carbonique par an et un Américain en produit deux fois plus. « Il faut donc mobiliser tous les pays, toutes les populations du monde pour réduire la consommation et pouvoir diminuer la pollution. Sinon, on va dans le mur » dit l'un des spécialistes.

Quelle quantité de gaz carbonique produit-on individuellement en Afrique ? En tout cas, pas au-tant qu'un Américain. Non, je ne crois pas. Chez nous, réduire la consommation amènerait peut-être à renoncer à l'exploitation de nos ressources naturelles dont l'extraction et la transformation sont sûrement sources de pollution. Oh, les gens là-bas ne s'en plaindraient guère. Ils ne profitent pas vraiment de ces productions industrielles souvent destinées aux pays du nord. Cela voudrait aussi dire qu'il faut renoncer au rêve de posséder chacun une voiture pour se déplacer. Sûrement, parce que les voitures polluent beaucoup. Là-bas, on rêve tous d'avoir un véhicule pour ne plus marcher des heures sur des sentiers poussiéreux, sous le soleil, sous la pluie. Surtout ceux qui parcourent chaque jour des dizaines de kilomètres pour se rendre dans des champs éloignés ou sur leur lieu de travail. Je me souviens d'un séjour chez mon oncle médecin-chef dans une zone rurale. Avec sa voiture 4x4, nous nous rendions parfois dans des hameaux pour acheter de l'igname et du maïs. Lorsque nous dépassions ces hommes, ces femmes et ces enfants épuisés par la marche, nous entendions derrière nous leurs supplications : «Prenez-nous, s'il vous plaît !» Mon oncle demandait parfois au chauffeur de les prendre s'ils n'étaient pas nombreux et s'il y avait encore de la place dans la voiture. Cela leur rendait un grand service. Ils gagnaient ainsi beau-coup de temps et s'épargnaient sûrement un grand coup de fatigue. Comment expliquer à ces gens qui souffrent ainsi du manque, de renoncer à la consommation le jour où ils auraient la possibilité de posséder ce dont ils rêvent tant ? Comment leur faire comprendre qu'il y a déjà trop de voitures dans le monde et qu'il faut renoncer à en avoir une. Comprendraient-ils jamais ces efforts à faire pour réduire la pollution et sauver la planète? Ils comprendraient peut-être ; mais obéiraient-ils alors ? Le train de vie du monde les a abandonnés loin derrière, mais c'est eux qui, en cherchant à le rattraper pour améliorer leur quotidien, feront disjoncter le système.

11

Je suis arrivé chez monsieur Duterre peu avant 14 heures. Je l'ai trouvé dans un état inhabituel, la mine défaite. Il a reçu hier soir un appel de son frère lui annonçant le décès de sa mère. Quel malheur!

– Je dois partir demain pour la Bretagne. Pourrais-tu m'accompagner, Michel ?

Bien sûr. Je suis disponible et j'ai vraiment envie de l'accompagner.

Il a l'air ravagé. C'est normal.

C'est toujours bouleversant d'apprendre comme ça le décès d'un être cher. Comment annoncer une telle nouvelle à un fils, un parent ou un conjoint qui vit loin de la famille ? C'est l'une des questions auxquelles aucune réponse ne serait unanime. Il paraît que le frère de monsieur Duterre n'est pas allé par quatre chemins. Et quand il a appris la nouvelle, il est « tombé comme un sac vide dans le fauteuil » dit-il.

Chez nous, on ne vous annonce jamais directement le décès d'un parent lorsque vous vivez loin de la famille. On vous dit quelque chose comme « le vieux est gravement malade ; il faut descendre vite le voir, sinon tu ne le verras peut-être plus.» Et là, vous devinez que le pire est déjà arrivé. Mais vous gardez quand même un peu d'espoir ; vous vous dites qu'il n'est peut-être pas encore mort. Jusqu'à ce que vous vous rendiez compte de l'évidence sur place. Et si vous vous effondrez, il y a des bras prêts à vous soutenir.

J'ai aidé monsieur Duterre à faire sa valise et à préparer le voyage.

Nous n'avons rien lu. Il a l'air ravagé. C'est normal.

*

J'ai une irrésistible envie d'appeler ma mère. J'ai attendu 21 heures pour descendre à la cabine télé-phonique située à côté de la résidence universitaire. C'est de cette cabine que tous les étudiants, dont la plupart sont des étrangers, appellent au moins une fois par semaine leurs parents ou des amis. Certains y passent plus d'une demi-heure à rigoler ou à pleurer selon les nouvelles, ou s'ils ont le mal du pays.

Il n'y a pas la queue devant la cabine ce soir. Il y a juste une fille avant moi, une étudiante macédonienne que Gaétan considère comme la plus belle de la résidence. Il dit qu'elle a figuré dans un téléfilm tourné à Nancy qui passera bientôt sur France 2 ou France 3.

J'ai attendu un quart d'heure devant la cabine. Elle s'est excusée d'être restée aussi longtemps et j'ai répondu que ce n'est pas grave.

Cela fait plus de trois mois que je n'ai pas appelé la famille. J'appréhende d'avoir quelques mauvaises nouvelles. C'est ainsi chaque fois que j'appelle. J'ai toujours cette appréhension qu'on m'annonce que quelque chose de grave s'est passé : un décès ou une terrible maladie. J'appelle toujours sur le portable de mon frère, le seul qui en possède un, même avant que je quitte le pays. Il s'est débrouillé pour en acheter un d'occasion, parce qu'il fait des affaires et dans ce milieu des affaires, il faut avoir un téléphone portable. Par nécessité, peut-être; mais surtout pour ne pas se faire prendre pour le dernier des pauvres. C'est une étiquette qui ne suscite jamais le respect.

Il a ri après les premiers mots échangés. C'est déjà bon signe. Tout le monde va bien, il n'y a rien de grave.

— Et toi, ça va ? m'a-t-il demandé.

J'ai dit que je vais bien et on a parlé un peu de leur vie là-bas. «On est en bonne santé, c'est l'essentiel » a-t-il ajouté avant de me passer ma mère.

– On pense à toi tous les jours et on s'inquiète, dit-elle.

– Pourquoi ?

–On ne sait pas comment tu te portes là-bas ; et tu n'appelles plus. On est inquiet.

– Je me porte bien. Il ne faut pas vous faire de soucis pour moi ; c'est plutôt moi qui dois m'inquiéter pour vous parce que la vie est plus dure là-bas qu'ici, tu le sais.

– Tu as les papiers pour travailler ?

– Ça va. J'arrive à me débrouiller, ne t'inquiète pas.

Je n'ai jamais pu lui dire la vérité sur ma situation, pour ne pas lui causer des soucis. Je connais ma mère, elle ne mangerait plus et serait envahie de chagrin. Son intuition lui dit peut-être que je ne m'en sors pas vraiment comme je le dis. Elles sont comme ça les mères. Elles ont des intuitions qui leur donnent des inquiétudes. Elles s'inquiètent même sans savoir la vérité ; et elles ont souvent raison. De plus, les nouvelles qui leur parviennent sur les immigrés en France ne sont pas de nature à la rassurer.

–Si ça ne va pas, n'hésite pas à revenir. Il ne faut pas te laisser mourir à l'étranger.

Et j'entends autour d'elle les réactions des autres, surtout de ma sœur aînée. « Pourquoi tu lui dis de revenir? Revenir pour faire quoi ici ? Tu sais que c'est forcément mieux là-bas qu'ici... » Puis elle prend le téléphone.

−Ça va Michel ?... N'écoute pas ce qu'elle te dit. Garde courage, ça va aller. Tu sais dans quelles conditions on vit ici ; tu sais pourquoi tu as choisi de partir. Même si aujourd'hui tu souffres, ne perds pas espoir, ça va aller. Les choses se gâtent de plus en plus au pays, ne commets pas l'erreur de revenir, tu m'entends ?

− Bien sûr que je ne peux pas rentrer. Comment vais-je faire pour rembourser mes dettes?

−Celui qui t'a prêté l'argent pour le voyage, demande de tes nouvelles. Mais ne t'en fais pas, on le rassure que tu vas bientôt rembourser. Donc n'oublie pas, si tu trouves un peu d'argent envoie-le pour payer une partie des dettes.

− J'y pense tout le temps. J'espère pouvoir bientôt commencer à rembourser.

− Tu t'en sortiras grâce à Dieu.

J'ai parlé un peu avec tout le monde. Ils m'ont dit que quelques amis du quartier ont aussi quitté le pays. Le quartier se vide. Les familles font tout pour faire partir un membre dans l'espoir qu'il réussira à aider les autres. Et si par chance quelqu'un arrive à gagner à la loterie visa, cette loterie organisée par les Américains pour donner la possibilité à ceux qui sont tirés au hasard de partir vivre aux États-Unis, tout le monde se mobilise pour qu'il puisse aller au bout du processus et obtenir le visa. Ils entre-tiennent ainsi l'espoir et tiennent le coup, supportant les difficultés, en attendant que celui qui est parti leur envoie de l'argent pour survoler ces montagnes de pénuries qui s'érigent et croissent au jour le jour.

La conversation s'est coupée quand j'ai demandé qu'on me repasse ma mère pour la rassurer et lui dire au revoir. Le crédit est épuisé. Je n'ai pas vu le temps passer.

Je suis rentré avec des grains de tristesse dans le cœur. J'ai bu un peu d'eau pour ne pas présenter une mine triste. L'eau ne dilue pas la peine, mais j'ai souvent vu mon père le faire ; peut-être pour ne pas boire autre chose. Et je le fais aussi.

Assis sur une chaise à côté du frigo, je pense à toutes ces dettes dont je n'ai même pas remboursé un seul centime. Je pense aussi à ma mère qui a l'air inquiet. Elle se doute que les choses ne vont pas bien ici. J'imagine ce qu'ils seraient en train de se dire là-bas, après ce coup de fil qui leur a quand même fait autant de bien qu'à moi. Le fait de pouvoir donner et avoir des nouvelles, pour un aventurier, c'est un bonheur.

Même si je ne leur ai rien dit d'inquiétant sur ma situation, ils doivent se douter que ça ne va pas bien et seraient en train d'en parler, sûrement. Ils seraient en train de reprocher à ma mère de m'avoir découragé par ses propos. Mon frère serait en train de dire que je n'ai pas l'esprit aventurier sinon j'aurais déjà trouvé un réseau pour gagner de l'argent et m'en serais déjà sorti d'affaire… C'est vrai qu'il serait en train de faire cette réflexion. Il parle toujours de réseau, mon frère. Il n'a peut-être pas tort, parce qu'avec le réseau, il arrive parfois à s'en sortir. Pour lui, il faut toujours chercher à s'allier aux gens qui savent faire sauter les verrous qui nous cloisonnent dans la misère et nous mènent la vie dure. Ses amis sont aussi des gens de réseau. Certains ont même la carte du parti au pouvoir qu'ils sortent lorsque cela les arrange, même s'ils ne sont pas de fervents partisans du régime. Ils ne sont pas connus des barons ; mais ils profitent de leurs bras tentaculaires pour faire des affaires et gagner un peu d'argent. Je ne sais pas jusqu'où peut aller leur engagement, mais j'ai parfois peur pour mon frère. Ces gens peuvent être sollicités à tout moment par les chefs pour un service ; et dans ces cas-là, même des amis qui refusent de rentrer dans le rang peuvent être menacés. Je ne sais pas si mon frère a déjà été tenté d'avoir la carte du parti pour être à l'abri de toute menace. En tout cas, aucun d'entre nous ne pouvait oser prendre cette carte du vivant de mon père. Il aurait tapé du poing sur la table et l'aurait même renié comme fils. Il l'aurait renié, je vous assure.

Il m'arrive de regretter ne pas avoir le courage et le sens des affaires de mon frère. Pour lui, tant qu'on ne fait de mal à personne, tous les moyens sont bons pour s'en sortir. S'il était à ma place, il aurait déjà trouvé un moyen pour travailler. Sûrement. Je ne suis jamais arrivé à émousser cette conscience qui me fait tressaillir chaque fois que je m'élance, par dépit, vers une combine pour m'en sortir. Et j'ai peur comme un animal traqué, même si personne ne sait ce que je fais. Je ne suis peut-être pas fait pour l'aventure.

– Tu as l'air ailleurs, Michel. Ça ne va pas au pays ? me demande Flavien.

– Oui, ça va. Ils vont bien… Je pense à ma mère qui m'a dit de rentrer au pays si ça ne va pas ici.

– Elle dit la même chose que ma mère. Elle aussi ne cesse de me demander de rentrer au Cameroun… Que veux-tu, les mères sont toutes comme ça.

– Pourtant, je ne lui ai jamais dit que je suis dans la galère.

−Tu parles. Déjà à ta voix elle sait si tu galères ou pas. De toute façon tout le monde sait que lorsqu'on arrive ici avec un visa court séjour, on a du mal à le renouveler et qu'on galère grave. Les parents ne dorment pas sur leurs deux oreilles tant que tu ne leur annonces pas clairement que tu as trouvé un boulot. Ma mère, chaque fois que j'appelle, elle demande «qu'est-ce qui ne va pas mon fils? Ta voix est comme si tu venais de pleurer. Tu pleures ? Qu'est-ce qui ne va pas? » Je lui dis non, tout va bien. J'essaie de rire pour qu'elle entende que je ne pleure pas ou je lui dis que c'est le froid qui me gèle les lèvres, ou bien je suis enrhumé, mais elle continue « rentre au pays, ne te laisse pas mourir là-bas si ça ne va pas »… C'est pénible, mais que veux-tu ?

−Je crois qu'il faut leur dire la vérité, nous dit Gaétan. Elles sauront que c'est difficile, mais vous vous battez pour vous en sortir.

−Tu crois que je vais dire à ma mère que je suis actuellement sans domicile et que je me fais héberger par-ci par-là ? Je vais la tuer, dit Flavien.

− Moi je préfère lui raconter toutes ces difficultés lorsque j'aurai réussi à stabiliser ma situation. Comme ça elle sait que ça n'a pas été facile, mais je m'en suis sorti. Lui dire ça maintenant ? Non, je ne veux pas.

—Laisse Gaétan. Il dit ça parce qu'il n'a jamais été dans notre situation. Il ferait pareil.

Gaétan est arrivé en France avec une bourse d'études qu'il percevra encore pendant deux ans. Il a 800 euros tous les mois. Et il travaille à temps partiel comme plongeur au restaurant du CROUS. C'est tellement bien d'être dans sa situation.

Il nous apprend qu'il avait signé un papier qui l'oblige à retourner dans son pays après ses études. Il nous l'a même montré et on l'a lu. Il est dans l'obligation de quitter la France après ses études s'il ne veut pas se voir coller un procès.

Quel immigré de ma catégorie peut dire à sa famille qu'il a une vie pourrie, une vie de mort où l'inactivité nous est imposée par notre statut ? Qui peut oser dire cette vérité aux oreilles qui espèrent entendre de bonnes nouvelles ? On préfère rêver du moment où ça changera, ces jours où tout sera rentré dans l'ordre et qu'on pourra retourner les voir avec des valises remplies de cadeaux.

IV
Les brebis s'en vont mourir ailleurs

12

Je me suis réveillé ce matin avec la même frustration que la veille. La tête lancinée par des pensées difficiles à chasser pour retrouver la quiétude de l'esprit. Comment s'en sort ma mère ? Comment font mes frères et sœurs pour subvenir à leurs besoins ? Mes pensées se figent sur eux comme si rien autour de moi n'existait. Je sais que depuis mon départ la vie est de plus en plus difficile et que le pays s'est complètement effondré à cause de ces nombreuses années d'embargo décrété par l'union européenne pour sanctionner le gouverne-ment jugé non démocratique. Les petits commerces des femmes qui nourrissent leur famille ne marchent plus. Et ma mère n'a plus l'énergie qu'elle avait pour courir derrière les pêcheurs du port pour acheter quelques poissons à revendre. À son âge elle mérite sa retraite ; mais qui lui offrirait ce bonheur? Là-bas, la retraite est un confort réservé à ceux qui ont la chance de travailler dans la fonction publique ou dans une de ces sociétés bien placées. Elle s'est débrouillée toute sa vie avec son petit commerce ambulant et c'est à son âge qu'on se rend compte de l'utilité du minimum vieillesse accordé aux personnes âgées, à défaut d'une bonne retraite. Elle se débrouille encore comme elle peut, pour ne pas être un poids pour nous.

Ce n'est pas seulement l'âge qui diminue sa vigueur, il y a aussi cette douleur de la perte d'un être aimé, le décès de mon père. Cette douleur qu'elle s'efforce de ne plus exprimer depuis la fin du deuil, pour montrer qu'elle tient le coup, pour nous remonter aussi le moral en disant qu'après tout la vie continue. Mais comment une vie pourrait-elle continuer normalement après un sévère coup asséné par la disparition brutale d'un mari, d'un père ?

J'ai pris 30 euros de ce qui me reste comme économie ; et je les ai envoyés par Western Union à ma mère. J'ai aussitôt ressenti un énorme soulage-ment, comme si je venais de satisfaire un besoin pressant avant de partir avec monsieur Duterre en Bretagne.

Nous avons pris le train de 11 heures 35. Dans quelques heures monsieur Duterre retrouvera son frère et sa région natale, la Bretagne, dans la tristesse, dans cette ambiance funèbre où les vies semblent croupir sous la silhouette pesante du trépas. Mais pour l'instant, l'ambiance est loin d'être triste dans le train. Certains jouent aux cartes et d'autres cherchent à travers les fenêtres de beaux paysages à regarder ou à photographier. Bref, une ambiance normale. C'est triste de voir monsieur Duterre immobile et muet, les mains agrippées aux accoudoirs comme s'il avait peur de tomber. Que ressent-il en entendant les rires de ces joueurs de cartes qui ignorent son malheur ? J'imagine qu'il ressent la même chose que je ressentais ce jour où nous nous rendions au village pour l'enterrement de mon père. L'ambiance sur la route était celle de tous les jours. C'était le train-train quotidien, avec des rires et des jeux, des flâneurs et des travailleurs. J'avais envie que tout s'arrête, que la tristesse envahisse les cœurs, que des sanglots s'échappent de ces bouches rieuses, que la peine immobilise ces pieds flâneurs. Mais la vie continuait comme d'habitude. Le malheur des uns n'est jamais celui des autres.

Nous sommes arrivés à la Gare de Saint-Brieuc en fin d'après-midi. Son frère nous attendait pour nous conduire à Kerbraz. C'est dans ce bourg des Côtes d'Armor qu'est né monsieur Duterre. Sa famille y a toujours vécu ; et c'est son frère qui gère le domaine familial avec des champs à perte de vue.

Je suis hébergé dans une chambre dont la fenêtre donne sur les champs. C'est là où dort monsieur Duterre quand il revient en Bretagne, pour se ressourcer, dit-il. Il a vécu ici jusqu'à l'âge de dix-neuf ans avant de descendre à Paris pour travailler et préparer son CAPES. Et le travail l'a éloigné de sa région natale.

Après quelques minutes passées à rêvasser en regardant bouger les arbres dehors, je me suis allongé en attendant la fin de la réunion de famille. L'ambiance était vraiment mortuaire. Rien à dire.

Nous nous sommes couchés juste après le repas du soir.

13

Une fine pluie tombe sur le bourg au lever du jour. Les arbres mouillés bougent à peine et le ciel blafard alourdit l'atmosphère morne pesant sur le jour qui vient de se lever. Dans l'attente de l'enterrement de demain, le temps semble passer si lentement.

Je n'entends pas de pleurs, mais je perçois la peine dans les voix. Il n'y a pas comme chez nous, ces nombreuses cérémonies qui font penser que le mort est tapi quelque part pour nous observer.

C'est la première fois que je vais assister à un enterrement en France. Ce n'est pas un événement qui suscite la curiosité, mais je veux bien voir comment cela se passe ici. Monsieur Duterre dit qu'il va demander à son frère et aux autres membres de la famille si je pourrais y assister. Et cela m'a surpris. Vous seriez surpris aussi si vous aviez vécu chez nous. Là-bas, plus il y a du monde à l'enterrement, plus la famille éplorée se sent honorée et le mort respecté. Qu'on soit connu ou inconnu on peut y assister sans autorisation. Il y a même des familles qui font venir des pleureuses professionnelles avec un orchestre et tout, pour attirer du monde et charger l'atmosphère d'émotion. Vu d'ici, c'est sûrement quelque chose d'incompréhensible. Même chez nous, tout le monde ne comprend pas pourquoi faire pleurer les femmes sur commande, juste pour rendre mémorable un enterrement. Quelle folie ! Mais n'allez surtout pas leur dire que c'est absurde et sans intérêt de demander à des inconnus de pleurer pour animer des cérémonies funèbres. Ils vous traiteraient de stupides et d'indésirables.

Au fait, depuis que je suis en France, je n'ai jamais entendu de pleurs fuser d'une maison à cause d'un décès. Jamais. Les joies et les activités de la vie semblent voiler les peines et les rites de la disparition. On ne voit pas les ravages de la mort ici, même si les gens y meurent aussi. Chez nous, on entend souvent des sanglots s'élever des maisons à cause d'un décès. Et chaque week-end, des tentes sont dressées dans les rues pour des cérémonies funèbres. Je n'exagère pas. Aucune cérémonie d'enterrement ne passe inaperçue. Et on se prend la tête à deux mains lorsqu'on reçoit la visite d'un membre de la famille. Il est peut-être venu annoncer un malheur. « Est-ce pour une bonne nouvelle ?» lui demande-t-on avant toute salutation.

Pourtant, les maladies ne sont pas plus nombreuses là-bas qu'ailleurs. Je découvre ici des maladies dont je n'ai jamais entendu parler là-bas. C'est vrai. Mais le paludisme seul fait tellement de ravages. On vit avec et on meurt souvent de ce fléau. Le palu fait partie de la vie, il est toujours latent dans le corps, jusqu'au jour où, sans prévenir, il se manifeste en vous clouant au lit. Il vous donne des courbatures partout et fait des dégâts à l'intérieur en éclatant un à un vos globules rouges. Klaus en avait fait les frais lui aussi. Cet «Allemand plus solide que le fer» qui allait lui-même chercher de l'eau à la fontaine publique et vivait comme un des nôtres, avait failli succomber à une crise paludéenne. Il était resté couché pendant six jours et eut la vie sauve grâce à l'ambassade d'Allemagne. Et il fut rapatrié pour suivre des soins plus intenses dans son pays. Vous rendez-vous compte? Il aurait pu trépasser dans son lit s'il était tout simplement un des nôtres, né sur nos terres, sans ambassade pour lui venir en aide.

Le paludisme, c'est un tueur en série dont tout le monde connaît l'identité, mais qui demeure insaisissable. Et en y ajoutant la malnutrition, on comprend pourquoi la mort fait autant de ravages. L'espérance de vie semble plutôt une résistance à la mort. Presque tous mes copains de quartier ont perdu un parent avant que je quitte le pays. Se soigner est un véritable parcours du combattant. Ce ne sont pas les centres de soins qui manquent, mais les moyens pour se soigner. On meurt même allongé dans les couloirs de l'hôpital ou sur un brancard, parce qu'on n'a pas l'argent à verser pour payer les frais d'admission. On attend que la famille rassemble les fonds, mais ce n'est jamais chose facile. Le temps d'y arriver, il est parfois trop tard. Je ne sais pas comment font les soignants pour supporter ces choses qui font si mal. Et les dirigeants? Sont-ils au courant que de nombreuses vies s'éteignent ainsi, alors qu'elles peuvent être sauvées? Ils s'en fichent sûrement.

Si vous étiez témoins de ces situations, vous comprendriez, peut-être, pourquoi le premier souci de ceux qui s'en vont de chez nous, c'est de pouvoir envoyer un peu d'argent aux parents.

Je suis resté dans la chambre tout l'après-midi. J'ai pensé un peu à Nancy, cette ville où j'ai posé ma valise. J'ai pensé à la fille de monsieur Duterre qui n'est même pas là pour assister à l'enterrement de sa grand-mère...

Je ressens un apaisement en regardant, par la fenêtre, passer des vaches alignées les unes derrière les autres, comme si elles obéissaient à un ordre. C'est agréable de les voir, marchant à la queue leu leu, allant de plus en plus vite par moments comme si elles se croyaient en retard. Attirées peut-être par des herbes qui sentent bon quelque part. Se nourrir, voilà leur seule préoccupation. Elles ne courent pas après une autre vie qui serait meilleure. Elles acceptent ce que la nature leur impose et ne rêvent pas d'une vie rose.

Cette scène me rappelle une période de mon enfance, lorsque mes parents élevaient des moutons. Mon père venait de perdre son emploi à la compagnie française de l'Afrique de l'Ouest. La société avait cessé ses activités pour des raisons qu'il ne connaissait pas.

Je ne sais pas comment cette idée d'élevage lui était venue à l'esprit, mais c'était génial. Le trou-peau était régulièrement constitué d'une dizaine de moutons qui allaient comme ça, les uns derrière les autres, à pas parfois pressé, parfois lent. Le matin, ils quittaient l'enclos pour aller paître dans les herbes et y restaient un long moment avant de revenir se reposer et ruminer. Et ils repartaient l'après-midi, dans cette allure semblant obéir à un commandement. C'est ainsi qu'ils vivaient jusqu'à ce que nous en attrapions un ou deux pour vendre et acheter quelques denrées nécessaires. À la rentrée scolaire, nous en vendions un peu plus pour pouvoir payer les frais de scolarité et les fournitures.

Puis un soir, quelques jours seulement après la rentrée scolaire, une des brebis manqua à l'appel. Elle n'était pas rentrée avec les autres. Nous l'avions cherchée partout, mais elle était introuvable. Ce soir-là, nous nous étions couchés très tard. Mes parents avaient longuement discuté de cette disparition douloureuse, oui douloureuse, car ces bêtes étaient leur espoir pour nous nourrir. Aurait-elle été volée par un de ces voyous qui rôdaient dans les herbes ? Mais comment aurait-il pu emporter la brebis sans que quelqu'un l'ait aperçu ? Serait-elle morte noyée dans le ruisseau non loin du pâturage ? On l'aurait quand même retrouvée. De plus, il y avait très peu d'eau à cet endroit. Serait-elle quelque part en train de bêler à l'aide ?…

Le lendemain, nous avions cherché la brebis toute la journée. Mais elle avait vraiment disparu.

Trois jours plus tard, au retour du troupeau le soir, une deuxième brebis manqua encore à l'appel. Mon père mobilisa toute la famille et nous l'avions cherchée jusqu'à la retrouver morte en bas de la colline, la tête enfouie sous une touffe d'herbes. Et à quelques pas d'elle, gisait une autre brebis : la première qui avait disparu. Les deux avaient des blessures profondes au cou et à l'abdomen, des blessures causées par des chiens errants. Mortelle-ment blessées et agonisantes, elles auraient dévalé la colline pour venir mourir là, loin du reste du troupeau. Ma mère se tenait la poitrine des deux mains, bouleversée. Et mon père, après un long regard jeté au ciel, secoua la tête. Et il m'a semblé avoir vu des traces de larmes dans ses yeux. C'était la première fois que je voyais mon père dans cet état. De retour à la maison, après avoir bu un verre d'eau, il prit la décision de vendre le reste du troupeau de peur de le voir périr sous les crocs de ces chiens fous.

Je regarde les vaches s'en aller comme si c'était le seul spectacle que je pouvais m'offrir pour faire évaporer cette tristesse suscitée par le souvenir de mon père. Et pour supporter l'attente. Que puis-je faire d'autre que de regarder ces bêtes dans leur procession ordonnée par l'instinct et d'attendre que le temps passe ?

Un vieux livre posé sur la table de chevet a finalement retenu mon attention et je l'ai pris pour y jeter un coup d'œil. C'est un petit dictionnaire français-breton qu'on devine ne plus servir à personne, tellement il est couvert de poussière. Et je m'amuse à apprendre quelques mots, quelques expressions en breton :

Amour : *karantez*
Je t'aime : *da garout a ran*
Mort : *marv(où)*
Vie : *buhez(ioù)*
Aimer : *karout*
Nostalgie : *hiraezh*…

Relevant la tête, après un moment d'assoupissement, j'aperçois par la fenêtre les vaches qui repassent. La nuit va bientôt tomber. Il faut les revoir ce soir. L'allure n'est plus la même qu'en début d'après-midi. Elles marchent lentement comme si le poids de leur corps leur faisait traîner les pattes ; la tête plus basse, l'air épuisé. La journée est bel et bien finie. Elle a peut-être été difficile aussi pour ces bêtes qui ne voient plus du monde dans le champ comme d'habitude.

Je me sens épuisé aussi à rester là, à regarder passer le temps qui devient long, très long.

14

Je suis réveillé par le son de la cloche de la chapelle. Elle a commencé à sonner dès 7 heures pour annoncer la teinte de cette journée qui vient de commencer. Un jour triste dans le bourg.

Monsieur Duterre n'est que l'ombre de lui-même. Il souffre, il pleure dans son cœur, ou a beaucoup pleuré la nuit, parce que son visage en a pris un coup. La peine est perceptible dans sa voix lorsqu'il est venu m'annoncer que je ne peux pas assister à l'enterrement. La famille serait gênée par la présence d'un inconnu.

Je ne peux donc pas voir la cérémonie d'inhumation. J'imagine qu'il y a des pleurs et des lamentations, des peines exprimées par des sanglots étouffés dans des mouchoirs. Des amis et des parents qui soutiennent par les épaules ceux qui ploient sous le chagrin suscité par la fin d'une vie.

D'ailleurs, une cérémonie d'enterrement, cela ne se raconte pas.

La cloche a sonné plusieurs fois dans la journée. Un jour d'enterrement n'est jamais un jour facile à vivre ; parce que quelqu'un est enseveli, un être humain a disparu pour toujours.

15

Ce dimanche, monsieur Duterre et moi avons fait une balade jusqu'à la chapelle où s'est tenue la messe d'enterrement. Ressent-il le besoin de revoir ce lieu pour apaiser son chagrin ?

—Elle est ouverte la chapelle ? me demande-t-il.

— Non. Tout est fermé.

— Les gens étaient très croyants ici avant. Certains venaient de loin pour assister à l'office du dimanche dans cette chapelle. Ce n'est plus le cas.

C'est une chapelle assez imposante par son architecture ; envahie par le silence. Je devine la peur qu'on pourrait ressentir en entrant seul dans ce bâtiment qui semble conquis par le phénomène inexplicable des édifices abandonnés, cette sensation que quelqu'un vous regarde ou vous suit ; et vous avez la nuque lourde, le cou tendu, la tête tournant dans tous les sens pour vous assurer que l'invisible ne surgit.

Pourquoi le peuple d'aujourd'hui s'est-il complètement détourné du culte pratiqué par leurs anciens et ne ressent plus rien pour Dieu qu'ils servaient jadis dans ces édifices?

–Ils n'y vont plus parce qu'ils ne croient plus en Dieu, me répond monsieur Duterre. Les gens ne veulent plus aller s'asseoir pour écouter un prêtre causer des heures, prendre l'hostie et partir. Ça ne les intéresse plus ce genre de choses. En plus, l'histoire de la religion n'encourage pas à la foi. Surtout en France.

Il n'est pas entré dans les détails pour m'expliquer pourquoi surtout en France. J'aurais bien voulu savoir. Mais ce n'est pas le moment de lui poser trop de questions. Ce ne sont pas des choses dont on a envie de parler au lendemain de l'enterrement d'une mère.

*

La journée est passée très vite. Comme ces jours d'après-funérailles qui ne ressemblent à nul autre et qui semblent toujours passer très vite parce que quelque chose a changé, quelqu'un n'est plus.

Avant de m'endormir j'ai repensé à la chapelle envahie par le silence. Seuls ceux qui connaissent l'histoire du peuple français pourraient expliquer pourquoi cette chapelle est vide un dimanche.

16

C'est le frère de monsieur Duterre qui nous a conduits à la gare de Saint-Brieuc pour prendre le train et rentrer à Nancy.

« Une page vient d'être tournée », dit-il en prenant place dans le train.

Et il m'a longuement parlé de sa mère, de sa rencontre avec son père, des fêtes qu'elle organisait chaque été pour toute la famille, de son regret de ne pas avoir eu de fille.

C'était une femme dont la vie n'a pas été facile. Comme la vie de toutes ces personnes qui ont connu la guerre et qui ont perdu des proches. Surtout Juive qu'elle était. Oui, elle était Juive, mais n'a jamais été à la synagogue et n'a jamais lu la Torah.

– Elle n'a pas été une fervente croyante, mais elle ne méprisait pas Dieu. Seulement, elle ne comprenait pas pourquoi laisse-t-il certains agir cruellement envers d'autres? Après tout ce qu'elle a vécu, je comprends les doutes de ma mère.

Elle a vécu l'horreur, la cruauté, la folie de ces hommes qui ont déporté son père et tant d'autres qu'elle connaissait, pour les amener dans des camps de concentration d'où ils ne sont jamais revenus.

Avant d'arriver en France, je n'ai jamais vu de Juif. En vrai je veux dire. Une fois, un ami nous a dit qu'un Juif est arrivé de France pour sonder le terrain et voir s'il pouvait créer une société de purification d'eau au Togo. Il l'a vu de ses propres yeux et lui a dit bonjour. Plusieurs fois nous nous sommes postés devant l'hôtel pour le voir sortir ou entrer. En vain. Nous étions vraiment curieux de voir un Juif en vrai, je vous assure. Parce que c'est le peuple dont on parle le plus au monde. À cause de la cruauté d'Hitler, bien sûr; mais aussi du conflit israélo-palestinien dont on parle tous les jours dans les journaux. On est né avec ce conflit et ce sera peut-être celui dont on entendra parler avant le dernier soupir. Il y a aussi l'histoire de Moïse, de la terre promise ; et surtout de la vie de Jésus. C'est pour cela qu'on entend toujours parler des israéliens ou des Juifs partout, même dans les plus petits villages de chez nous.

Nous sommes arrivés à Nancy vers 18 heures.

Je suis rentré à la résidence après avoir aidé monsieur Duterre à regagner sa maison.

Flavien et Gaétan sont surpris par le fait que je n'aie pas été autorisé à assister aux funérailles. Puis, je leur ai parlé de cette chapelle vide le dimanche, avec ce silence qui y régnait et qui faisait peur.

– C'est pareil partout en France, dit Gaétan. Les églises sont toujours vides. Elles ne servent plus à grand-chose si ce n'est pour agrémenter les visites touristiques. Et de temps en temps on parle de leur rénovation qui coûte très chère.

C'est pendant cette discussion que Seb est arrivé. C'est un camarade de fac de Gaétan. Il habite Dombasle à une vingtaine de kilomètres de Nancy, mais ne rentre chez lui que pour dormir. Il passe ses soirées avec sa petite amie dont la chambre se trouve sur le même palier et vient de temps en temps discuter avec nous.

– C'est souvent le passé collectif d'un peuple qui détermine ses croyances, dit-il. Nous sommes ce que nous sommes parce que nous sommes nés là où nous sommes nés et nous avons l'héritage culturel et religieux de là où nous avons été élevés, c'est tout. Il ne faut pas chercher plus loin.

Seb, c'est un gars qui dit souvent des choses difficiles à comprendre au premier abord. Et il faut lui demander d'expliquer ses propos pour en saisir le sens. C'est ce que nous avons fait pour comprendre ce qu'il voulait dire. Je serais né en France et aurais vécu dans une famille française que je ne serais pas surpris de voir une chapelle vide un dimanche. Et Papis ne serait peut-être pas musulman s'il n'était pas né à Tambacounda au Sénégal. Là-bas, comme il nous le disait l'autre jour, ils sont presque tous musulmans, comme en Algérie ou au Maroc. Comment aurait-il pu connaître autre chose que ce qui se transmet chez lui de génération en génération comme un héritage ?

Seb aurait sûrement une autre vie si le hasard l'avait fait naître en Afrique. Il galérerait probable-ment comme nous s'il n'était pas né de parents ayant les moyens de lui acheter une voiture et lui donner ce dont il a besoin pour réussir. Franchement, il serait né là-bas en Afrique qu'il aurait plus de chance d'être pauvre parce que la pauvreté s'hérite aussi. Il est très difficile aux enfants de ceux qui n'ont rien de posséder quelque chose. Et il aurait ramé dur pour sortir de ce tourbillon infernal de l'indigence; ou jamais. Rien ne vaut une meilleure condition pour démarrer la vie, surtout si la nature vous l'offre à la naissance.

V
Un arbre dans la tempête

17

J'ai des vertiges en me levant ce matin. Je me sens de moins en moins bien depuis trois jours. Je me sens léger, déséquilibré quand je marche, la tête lourde comme si on m'avait rempli le crâne de quelque chose que je sens bouger dedans comme un liquide. Je ne me sens pas bien… Mais ça va passer. Il arrive à un arbre bien enraciné d'être secoué par le vent, disait mon père lorsque nous souffrions de maux de tête ou avions de la fièvre. Et cela nous donnait le courage de supporter la douleur et d'attendre que cela passe. Ce ne sont pas ces petits maux qui nous abattraient.

Gaétan m'a parlé de l'association de Médecins du Monde qui consulte trois fois par semaine dans un immeuble non loin du campus universitaire.

« Tu n'as pas besoin de carte vitale pour aller en consultation là-bas » dit-il.

J'irai demain.

Je n'ai pas pu faire le tour de la ville pour chercher du travail avant d'aller chez monsieur Duterre. J'ai passé un long moment assis dans le hall de la gare, à voir arriver et partir les voyageurs, à assister aux séparations douloureuses et aux accueils chaleureux, à entendre ces trains qui entrent en gare, s'arrêtent deux ou trois minutes puis s'en vont.

Je me suis rendu chez monsieur Duterre à 14 heures. Je lui ai lu ses courriers et on a discuté de l'actualité, de la crise en Côte d'Ivoire, un pays qu'il a visité en 1989. Il regrette que l'Afrique soit tout le temps bouleversée par des crises politiques qui finissent souvent par des affrontements entre partisans qui n'hésitent pas à se tuer comme des bêtes. Comme des bêtes, c'est ce qu'il a dit. Et j'avoue qu'il n'a pas tort. Quand on se tue pour la simple raison qu'on n'est pas du même bord politique ou ethnique, que le chef qu'on souhaite avoir n'est pas celui qui est au pouvoir, c'est comme des bêtes qui agissent sans raison.

« C'est vraiment dommage », ai-je ajouté en pensant à ces heurts récurrents qui font de nombreuses victimes innocentes et aucun procès ne condamne les coupables pour consoler les familles. La vie des individus semble n'avoir aucune valeur tant pour les responsables politiques que pour ces agitateurs fous qui mobilisent les foules pour des intérêts partisans. Quelle différence avec les pays du nord ! Pour un seul individu tué durant une manifestation ou victime d'un crime, le maire et d'autres responsables de l'état se déplacent pour assister à l'enterrement et annoncent leur soutien à la famille. Les médias en parlent, les députés en discutent et les tribunaux se saisissent de l'affaire pour établir les torts et juger les coupables.

Chez nous, le maire d'une ville, je vous assure, c'est comme un petit dieu, inaccessible. Qui es-tu pour aller lui parler de tes problèmes ? Il est maire, il doit être respecté, c'est tout.

— Mon frère a été maire lui aussi, m'apprend monsieur Duterre... Mais moi, la politique, tu sais, c'est quelque chose qui ne m'a jamais attiré. Surtout quand je vois comment les gens sont prêts à faire des compromis et des coups bas pour gagner leur place. Il n'y a pas plus égoïste qu'un homme politique qui veut le pouvoir. Mon frère en sait quelque chose.

— Votre frère ne fait plus de politique ?

— Il en fait toujours. C'est un passionné de politique... On fait tous de la politique d'ailleurs. Même si on ne s'engage pas, on songe tous à un meilleur gouvernement, à un chef qui saurait régler tous nos problèmes et nous rendre la vie meilleure.

C'est vrai. Tout peuple cherche à confier son sort à un homme qui aurait des capacités extraordinaires pour lui assurer bonheur, paix et sécurité. Et cela ne date pas d'aujourd'hui. L'anecdote la plus évocatrice est celle qu'on retrouve dans l'histoire du peuple ayant conquis la terre promise. Il a réussi à atteindre ce pays merveilleux grâce au guide divin qui l'a libéré de l'esclavage, qui lui a ouvert une voie à travers la mer rouge, le protégeant contre vents et marrées, le nourrissant de galettes et de viande tombées du ciel. Il l'a aidé à gagner des guerres sans combattre, à faire tomber des murailles au son des trompettes. Ce peuple avait un guide, un chef, un roi tel qu'on en rêve toujours. Et pourtant, peu après son arrivée en terre promise, il ne voulait plus de ce guide divin, pensant que la vie serait meilleure s'il établissait lui-même un chef pour le diriger. «*Nous voulons un roi humain pour nous diriger. Nous voulons être comme toutes les nations; nous voulons un roi qui nous jugera, qui marchera à notre tête et conduira nos guerres*» réclamait-il à travers une révolte contre le guide divin qui finit par accéder à ses revendications.

Des rois, il y en a eu pas mal qui se sont succédé à la tête du peuple, mais aucun n'a pu réussir à le nourrir miraculeusement et à lui garantir la paix et la sécurité.

C'est comme ça le peuple. De tout temps. Il porte à sa tête un guide qu'il loue et acclame : «Vive le roi! Honneur à sa majesté ! » Et quelques mois plus tard, lorsqu'il réalise qu'il est aussi impuissant que les autres et que le bonheur espéré n'est qu'un rêve, il le conspue et lui fait savoir qu'après tout il ne vaut pas mieux que les autres.

Nous avons discuté pendant plus de deux heures.

En partant, monsieur Duterre m'a posé la question que je redoutais.

« Qu'est-ce que ça donne, tes recherches d'emploi? »

– Rien pour l'instant.

– Ça va venir. Courage.

Je ne sais plus si c'est du courage dont j'ai le plus besoin ou de l'espoir. Du courage, cette force morale qui nous fait tenir face aux épreuves, nous en avons tous besoin. Mais je suis de plus en plus atteint par l'amertume, le désespoir et quelques regrets. L'attente semble épuisante et mon corps en subit le coup, même si je m'efforce de garder le moral pour ne pas m'effondrer. Sinon c'est la mort.

18

Les vertiges sont moins intenses ce matin. Flavien et moi sommes allés un peu plus tôt à ALDI acheter du pain de mie, pour ne plus avoir la surprise désagréable de la dernière fois où il n'y en avait plus dans les rayons. Et j'ai aussi acheté un nouveau sac plastique pour remplacer le vieux troué un peu partout. C'est dans ce sac que je mets tout ce que je mange à midi.

J'ai attendu l'après-midi pour me rendre au centre de soins de Médecins du Monde.

Le médecin, une femme qui a sûrement l'habitude de soigner les personnes de ma catégorie, a probablement identifié la cause de ces vertiges lorsque je suis monté sur le pèse-personne.

− 61 kilos? C'est très léger pour votre taille. Vous mangez normalement ?

− Comme je peux, lui ai-je répondu.

Elle a continué sur d'autres questions : les antécédents médicaux, les allergies, le moral, …

Puis elle est revenue sur la question de l'alimentation.

– Combien de repas prenez-vous par jour ?

– Un ou deux. Ça dépend.

Et elle m'a expliqué ce qui provoque ces vertiges, m'a donné quelques médicaments et des fortifiants.

–Je vais vous envoyer à la Croix Rouge. Vous allez remplir un dossier et ils vous donneront chaque semaine des denrées alimentaires. Cela vous aidera un peu. Pas beaucoup, mais un peu, dit-elle en souriant.

Je n'ai pas tardé. Je me suis rendu à la Croix Rouge pour faire le dossier. Je n'ai pas attendu longtemps avant d'être reçu par l'homme chargé des dossiers alimentaires. Mais un petit problème se pose lorsque je lui ai donné mon passeport pour les formalités administratives.

– Vous n'avez pas un permis de séjour ?

– Non. Pas encore.

– Ce n'est pas possible. Nous ne pouvons enregistrer que ceux qui ont un permis de séjour ou du moins un récépissé... Même pas de récépissé ?

– Pas encore.

–Désolé ; je ne peux pas vous inscrire. Comme disaient les romains dura lex sed lex. Je sais que c'est dur, mais c'est la loi, je n'y peux rien... Je ne vais quand même pas vous laisser partir les mains vides.

Il a pris un sac plastique et l'a rempli de trois paquets de pâtes, de deux boîtes de haricots verts, du riz, du sucre et d'une bouteille d'huile.

– Revenez lorsque vous aurez votre carte de séjour... Même dès que vous aurez le récépissé.

Et je suis parti.

Je sens monter en moi une sorte de malaise que je contiens malgré tout. Une honte qui semble se transformer en une furie qui me monte à la tête et me bouleverse. Je me sens furieux contre tout. Contre le système, contre la vie, ma vie qui est ce qu'elle est, et qui ne retrouve jamais le bon chemin pour me sortir de cette situation qui m'agace et me donne le sentiment que je suis vraiment indésirable. Et ma main tremble comme si le poids de mon malheur et la honte de cet échec alourdissaient ce sac qui n'est pourtant rempli que de quelques denrées éphémères de l'assistance sociale.

J'avais prévu faire un tour sur le campus universitaire et demander le mot de passe à un étudiant pour accéder à internet, mais je me suis retrouvé quelques minutes plus tard sur le chemin de la résidence, déjà loin du campus. Et j'ai préféré rentrer.

J'ai attendu dans la salle télé jusqu'au retour de Gaétan. Il a apprécié que j'aie ramené de l'huile d'olive. Ça facilite la digestion, dit-il. Pour le reste, il s'en fout. Il n'est pas choqué par le refus de la Croix Rouge de m'admettre comme bénéficiaire de l'aide alimentaire. Il en a vu et entendu des histoires que rien ne le choque plus du tout.

19

Aujourd'hui 23 septembre. La fille de Monsieur Duterre va revenir d'Oslo et je suis excité de la voir.

Je me suis rendu chez lui peu après 13 heures.

−Dis donc, tu es arrivé plus tôt aujourd'hui… C'est bien, on va pouvoir passer plus de temps ensemble.

−J'ai pensé venir plus tôt parce que votre fille revient aujourd'hui et vous aurez peut-être des choses à faire avec elle.

− Oh, je ne vais pas te demander de partir quand elle sera là.

Après avoir lu les courriers, nous avons parlé de Mélanie. C'est moi qui ai voulu la connaître un peu plus. Quel âge a-t-elle ? Pourquoi est-elle partie en Norvège ?

Elle a 25 ans. Habite dans un immeuble derrière la cathédrale. Un studio qui lui coûte la peau des fesses. C'est suite à une déception amoureuse qu'elle a décidé de partir à Oslo. Elle a vécu pendant deux ans avec un garçon, un goujat qui n'a aucun projet dans la vie. Que veut-il dire par 'un goujat qui n'a aucun projet dans la vie'? C'est la première fois que monsieur Duterre parle ainsi de quelqu'un. Il n'arrive pas à comprendre pourquoi sa fille n'a pas pu couper plus tôt ses relations avec ce garçon. Qui peut réellement comprendre ce qui détermine les rapports entre un homme et une femme ?

Puis nous sommes passés à autre chose. Il a choisi de lire la nouvelle revue de psychologie qu'il vient de recevoir. Et nous lisons l'article sur les bienfaits prouvés de la méditation.

La méditation améliore aussi bien nos capacités psychiques que notre santé. C'est la conclusion à laquelle ont abouti des recherches scientifiques menées par les plus grands chercheurs en sciences du cerveau. Une méditation, même courte, a une influence positive sur le système immunitaire parce qu'elle permet de réguler le centre cérébral des émotions. Elle réduit la dépendance aux drogues, favorise une diminution de l'anxiété et des douleurs chroniques …

La sonnette m'interrompt.

– Ah, ça doit être Mélanie, dit monsieur Duterre, content de retrouver sa fille.

C'est Mélanie. Mon cœur se met à battre très fort. C'est quoi cette sensation bizarre qui me fait palpiter comme si j'allais affronter un redoutable adversaire ou découvrir le visage d'un amour connu à distance ?

J'ouvre la porte et elle entre sans manifester une quelconque surprise de me voir chez son père. Il a dû lui parler de moi.

Les présentations sont vite faites.

Elle boit un verre de jus d'orange et offre quelques boîtes à son père, avant de lui demander comment se sont déroulées les funérailles de Mamie. C'est une chose pénible que de raconter les funérailles d'une mère.

Après moult hésitations, je décide de partir.

*

Ce soir, nous avons parlé de Mélanie qui est revenue de Norvège.

– Elle a la chance d'aller où elle veut et de revenir quand elle veut, dit Flavien.

C'est bizarre d'entendre dire qu'elle a de la chance. Ce n'est quand même pas le bonheur qu'elle a vécu là-bas. Mais pour quelqu'un de notre catégorie, c'est une chance d'aller où l'on veut et revenir quand on veut. Elle a de la chance. Il faut le comprendre.

Après le journal de 20 heures, nous sommes restés sur France 2 pour regarder *Mais où est donc passée la septième compagnie?* Un vieux film que j'avais déjà regardé chez moi, sur la petite télévision blanc et noir de mon oncle. C'était l'époque où l'on pouvait compter sur les doigts d'une main le nombre de foyers possédant un poste téléviseur dans le quartier. Les gens venaient de loin pour regarder ces films qui passaient après le journal du soir. Et on s'agglutinait devant la télé, chacun cherchant la meilleure place pour mieux voir. Lorsque la télé de mon oncle tombait en panne, nous nous rendions dans une autre maison à trois kilomètres de chez nous. Des fois, nous n'arrivions même pas à trouver de la place pour apercevoir l'écran. Nous nous contentions d'écouter le film ou nous nous portions à tour de rôle sur les épaules. Et nous rêvions d'avoir une télé quand nous serions grands.

20

11 Novembre.

C'est un jour férié qui débute tranquillement. À la télé, le souvenir affreux de la Grande Guerre suscite un vibrant hommage aux poilus et une réflexion sur la barbarie de la guerre pour se dire 'plus jamais ça'.

Le 11 novembre n'est pas un jour férié dans tous les pays ayant subi les ravages de la guerre. Au Togo par exemple, c'est une journée comme les autres. Pourtant, la première guerre mondiale secoua terriblement ce pays qui était une colonie allemande. Les forces franco-anglaises livrèrent bataille aux Allemands sur tout le territoire. Et ce fut très rude la bataille qui eut lieu là-bas, même si les Allemands, malgré leurs fortifications, n'avaient pas pu tenir têtes pendant longtemps aux troupes alliées.

Si vous ne connaissez pas ce coin de la terre qu'est le Togo, voici quelques informations sur ce pays, ancien protectorat allemand. Protectorat, c'est le terme utilisé pour qualifier cette situation de dominés et dominants. Ces derniers ayant le privilège d'être les protecteurs des dominés assujettis au service de leurs intérêts économiques. Protecteur, c'est un mot agréable, mais la réalité des dominés l'était beaucoup moins. Le Togo fut donné à l'Allemagne lors de la conférence tenue à Berlin en 1885 pour partager les territoires en Afrique ; puisque cette partie du continent était déjà sous domination allemande. Les Allemands en firent une *Musterkolonie*, c'est-à-dire une colonie modèle où se développèrent rapidement les moyens de communication et des infrastructures remarquables. Ils avaient même construit une puissante station radio reliant directement le Togo à l'Allemagne, une réalisation unique à cette époque coloniale. Puis survint la première guerre mondiale. Après leur victoire, les alliés partagèrent le pays en deux, entre la France et la Grande-Bretagne, avec une frontière tracée comme une ligne de triomphe par les vainqueurs.

C'est difficile d'imaginer qu'une ligne tracée sur papier pourrait réellement séparer des hommes ayant toujours vécu ensemble et parlant le même dialecte, pour faire d'eux des francophones ou des anglophones par décret venu d'en haut. Ce fut pourtant le cas. Le Togo actuel étant la partie attribuée à la France; et le territoire confié aux Anglais fut annexé à la Gold Coast, colonie britannique devenue le Ghana. Certains désignent encore sous le vocable nostalgique de *Togo britannique* cette partie du territoire ghanéen.

Malgré cette suite fâcheuse de la colonisation, les réalisations vieillissantes des Allemands au Togo attisent toujours des curiosités et quelques nostalgies. Et sur la plage de Lomé, il faut voir comment le vieux wharf allemand séduit encore la population et les touristes curieux de voir et de photographier ces vestiges d'un autre temps, cette jetée rouillée abandonnée aux vagues incisives de l'océan qui la rongent inexorablement.

En voyant ces vieilles constructions allemandes qui résistent toujours à l'usure du temps ayant eu raison des réalisations françaises d'après-guerre ; et en suivant de près la politique française en Afrique, on regrette parfois que le pays soit passé sous tutelle française. Certains sont vraiment nostalgiques de la période allemande. Ils pensent que le sort du pays serait meilleur avec les Allemands, surtout lorsqu'ils sont déçus de la politique française jugée ambivalente et hypocrite. C'est difficile de comprendre cette nostalgie quand on sait que toute colonisation est faite pour servir avant tout l'intérêt du colonisateur. Et ce fut évidemment le cas des Allemands aussi lorsqu'ils colonisaient le pays. Ils n'étaient pas de gentils protecteurs qui dorlotaient le peuple. Loin de là. La mémoire collective fait toujours ressortir les travaux forcés sous l'époque allemande, ainsi que les châtiments corporels, ces coups de fouet dont le dernier très appuyé était dédié au Kaiser sous le cri de «Ein für Kaiser !» Et l'expression est restée dans le langage populaire. Mais lorsqu'on est déçu par la politique de la France, lorsqu'on est amer contre la Françafrique, on regrette d'être passé sous tutelle française.

Les gens ont cette nostalgie des Allemands parce qu'ils ne jouent pas double jeu, dit-on. Ils sont perçus plus rigoureux et plus francs dans leurs relations avec nos gouvernements. La réalité est peut-être différente, je n'en sais rien. Mais c'est difficile de trouver des arguments pour empêcher ces hommes et ces femmes de préférer l'Allemagne à la France.

Cependant, le sort du peuple aurait-il vraiment été meilleur si la première guerre mondiale n'avait pas mis fin à la colonisation allemande? Imagine-t-on un pays, un tout petit pays comme le Togo, peuplé de noirs, sous colonisation allemande au temps d'Hitler? Quel sort auraient connu nos grands-parents sous la main puissante du Führer dont on connaît la cruauté envers les races jugées inférieures? Peut-être un exode massif vers les territoires sous domination anglaise ou française, s'il leur laissait une porte de sortie. Fuir aurait été la seule solution pour survivre.

Lorsqu'on se sent menacé de mort, de torture, ou de faim, quelle autre solution pourrait-on avoir que de fuir pour sauver sa peau, ou partir vers là où la vie serait meilleure. Je n'ai donc rien inventé en quittant mon pays pour chercher une autre vie. J'ai moins honte quand j'y pense du coup, même si parfois je me sens considéré moins qu'un humain dans cette situation jugée irrégulière.

21

Il est 15 heures lorsque j'ai sonné chez monsieur Duterre. C'est sa fille qui m'a ouvert la porte. Elle est là en train de repasser le linge.

—Mon père n'est pas encore revenu de chez le médecin.

— Il a dit à quelle heure il sera de retour?

—Non. Mais vous pouvez l'attendre. Il ne va pas tarder.

Je m'assois pour l'attendre. Gêné, intimidé par la présence de la fille avec les écouteurs accrochés aux oreilles. Dois-je lui dire quelque chose pour briser cette gêne installée par le silence? Quoi lui dire? Je cherche. Je ne trouve pas.

— Je peux allumer la télé ? lui ai-je demandé.

— Oui, allez-y.

J'allume la télé et regarde la rediffusion de la dernière cérémonie des NRJ Music Awards sans y prêter réellement attention. Et le temps devient long.

—Il vous a dit qu'il passera à la banque avant de rentrer?

J'ai sursauté.

– Savez-vous qu'il doit passer à la banque avant de rentrer? répète-t-elle.

– Non… Qui l'a accompagné ?

–Celle qui l'accompagne pour ses courses. La dame de l'association.

J'ai envie de lui demander comment s'est passé son séjour à Oslo; pourquoi a-t-elle choisi de louer un studio alors que son père a une chambre de libre dans son appartement… Ou lui demander simple-ment ce qu'elle est en train d'écouter comme musique… Mais je n'ose pas.

C'est elle qui prend l'initiative de poser des questions.

–C'est quoi votre métier, en dehors du béné-volat?

– Pardon ?

– Vous faites quoi comme boulot ?

– Je … je ne fais rien. Je suis dans le bénévolat en attendant de trouver un emploi.

– Comment vous en sortez-vous financièrement? Vos parents vous aident un peu?

– Non.

– Vous touchez les Assedic ?

– Non.

– De quoi vivez-vous ?

–Je suis chez un ami qui a un peu de revenu tous les mois. Et on se débrouille comme ça.

– Avez-vous un diplôme ?

– Une licence de psychologie.

– Eh bien…Je vous souhaite du courage. Trouver du travail avec une licence de psycho à Nancy, ce n'est pas évident… À l'agence pour l'emploi, qu'est-ce qu'ils vous ont …

On entend la porte qui s'ouvre. C'est monsieur Duterre et la dame de l'association. Il a sûrement entendu notre conversation.

– Michel ; tu m'attendais ?… Oh, c'est gentil. Excuse-moi pour le retard. Je croyais que j'allais rentrer avant 15 heures.

Il est revenu au bon moment pour me délivrer de cette conversation. Sinon, je serais amené à révéler ma catégorie à sa fille, lui dire que je ne peux pas encore travailler en France puisque je ne suis pas autorisé à y vivre. Elle mettrait son père au courant et il ne voudrait plus de moi comme bénévole. C'est vrai que je n'y gagne rien, mais j'aime bien venir chez lui. Je me sens soulagé, je me sens déchargé un peu de mes soucis, je me sens un peu plus libre ; plus heureux je veux dire. Je ne peux même pas décrire réellement comment je me sens. C'est un sentiment indescriptible. Je ne veux pas non plus que Mélanie ait un mauvais regard sur moi, qu'elle me juge ou ait pitié de moi. Quelle serait sa réaction si je lui révélais ma catégorie ? Je n'en sais rien. Mais c'est toujours désagréable de dire qu'on n'a pas le droit de travailler puisqu'on n'a pas le droit d'être là, parce qu'on ne rentre pas dans les cases pour être là. Et qu'on est dans l'illégalité. C'est ça le mot, l'illégalité, qui fait honte, qui ôte toute dignité.

La chose la plus redoutée par ceux de ma catégorie c'est de perdre toute dignité ou d'être jugé méprisable à cause de sa propre faute. Oui, ne pas avoir respecté la loi qui nous interdit de vivre là où nous ne sommes pas nés, sauf par dérogation ; et ne pas nous soumettre aux règles ou ne pas jouer le jeu qui nous confine là où nous sommes nés pour un combat corps à corps contre la réalité qui est la nôtre ; ça, c'est une faute. Et c'est toujours désagréable de dire qu'on a commis une faute.

La dame de l'association est repartie aussitôt après avoir déposé les affaires de monsieur Duterre. Et qu'est-ce que je vois poser sur la table? Le dernier prix Goncourt. Ce livre dont on a parlé l'autre jour lorsque je lui ai demandé pourquoi il n'a pas dans sa bibliothèque les auteurs actuels qui cartonnent et qu'il m'a répondu que les livres dont on parle le plus ne sont pas forcément ceux qui l'intéressent, ce livre, il l'a finalement acheté.

–Vous l'avez acheté, monsieur Duterre ?

– Quoi ?

– Le livre ?

– Oui... Tu vois ? Je n'ai pas pu résister. Je veux savoir ce que ça raconte.

Puis on a discuté tous les trois de l'actualité du jour. Cette tuerie dans une université américaine qui fait la une des journaux.

Mélanie est partie en même temps que moi. Et nous nous sommes fait la bise en nous séparant.

22

Comme tous les samedis, après le repas de midi, Gaétan a mis la musique de chez lui pour danser. Et nous sommes en train de danser lorsqu'on a cogné à la porte. C'est la directrice de la résidence, accompagnée d'un des gardiens.

– On m'a informée que vous hébergez des amis. Vous savez bien que c'est interdit.

– Des amis ? s'étonne Gaétan.

–Ceux-là, qui sont-ils ?... Vous hébergez deux personnes dans cette chambre individuelle?

– Ils sont venus me rendre visite.

–On les voit tous les jours dans la résidence. Vous devez respecter le règlement, sinon vous serez prié d'aller chercher un logement ailleurs. Vous êtes prévenu.

La discussion n'a pas été longue mais semble avoir duré des heures. Je suis pétrifié de peur et surtout embarrassé par cette situation qui met Gaétan dans une situation désagréable. J'imagine Flavien ressentir la même chose que moi. Il nous faut partir pour ne pas lui créer des problèmes.

Nous avons ramassé nos affaires.

Flavien va retourner à Metz chez une tante.

Et moi? Où vais-je aller?

Gaétan dit qu'il connaît quelqu'un chez qui je peux aller dormir ce soir si je veux. Je n'ai pas le choix. Je veux y aller.

Nous sommes restés chez lui jusqu'au soir pour manger tranquillement comme d'habitude. Tranquillement, c'est-à-dire sans nous précipiter comme s'il y avait le feu. Même si ça chauffe dans ma tête.

Puis nous avons pris le tram pour partir.

Nous nous sommes arrêtés près de la gare, devant une cabane faite de tôles, de bâche et de planches. C'est là. À l'intérieur, couché sur un matelas, un homme aux cheveux longs, portant une barbe de plusieurs jours, répond chaleureusement au salut de Gaétan. Ils ont l'air d'être de bons copains.

– Je suis venu avec Michel, un ami. Peux-tu l'héberger pendant quelques jours?

– Aucun problème. Il peut dormir ici aussi longtemps qu'il le souhaite. Il n'y a pas de souci.

Un chien noir allongé sur un carton, la gueule posée sur ses pattes, nous regarde d'un œil, sans bouger. Jusqu'à ce que Gaétan s'en aille. Puis il se lève pour me fixer dans les yeux. Je lui fais un sourire et il s'assoit en poussant un soupir. Il semble avoir compris que je suis accepté par son maître et il s'y fait, apparemment.

Son maître s'appelle Lucas. D'origine grecque, il est arrivé en France à l'âge de trois ans avec ses parents venus travailler à Paris, puis à Nancy, avant de retourner en Grèce après leur retraite. Lui est resté ici et a travaillé pendant quelques années comme agent municipal. Il préfère vivre en France dit-il, même s'il y vit comme un malheureux. On a beaucoup parlé de lui ; et un peu de moi.

Je me suis couché sur des morceaux de carton pour ne pas être percé de froid sous ce pagne que ma mère m'avait obligé à prendre quand je quittais le pays. Mais c'est difficile de m'endormir avec ces trains qui font trembler les tôles et vibrer le sol...

23

Lucas a commencé à boire très tôt le matin, avant même de se lever. Il a bu toute une bouteille de jus d'orange mélangé à l'alcool. Le chien se met à grogner tout bas. Il grogne comme s'il avait la voix étouffée ou si quelqu'un l'obligeait à contenir ses expressions pour ne pas déranger les gens.

Lucas lui assène un coup de pied sur la côte. La bête hurle de douleur. Il lui assène un autre encore plus fort. Et l'animal gémit, prostré sur place. Je comprends alors pourquoi il s'est mis à grogner en voyant son maître boire. C'est sûrement le même supplice qui lui est réservé tous les matins par son maître après avoir ingurgité ce liquide qui remplit la bouteille.

Lucas se montre désagréable envers son compagnon. Quel malheur pour un chien de vivre avec un homme dont l'alcool altère toute propension à l'attendrissement!

Ce chien me rappelle Whisky, le chien de mon père. Il l'avait nommé Whisky parce que «quand le whisky monte à la tête il transporte

hors de soi et on agit comme un chien enragé ».
C'est ce qu'il disait pour expliquer ce choix à
tous ceux qui lui demandaient pourquoi donner
ce nom d'eau-de-vie au chien. Et Whisky portait
bien son nom. Il faisait peur à tout le monde,
parce qu'il était dressé pour maintenir les
voleurs à distance. On dirait qu'il faisait exprès
de se montrer méchant, parce qu'en réalité
c'était un chien gentil qui ne mordait personne.
Et il aimait bien les câlins, surtout ceux de mon
père. Il était attaché à son maître, à vie.

Le jour du décès de mon père, on l'avait
entendu geindre toute la nuit, comme un
homme. Les jours suivants, il sortait à peine de
sa niche et ne mangeait plus. Dans ses yeux
alourdis tels qu'on ne pouvait l'imaginer chez
une bête, on voyait le chagrin, la tristesse et un
dégoût de vivre. Mais on n'y prêtait guère
attention. Puis, quelques jours plus tard, un
matin où il pleuvait, ma mère le retrouva allongé
dans sa niche, sans vie. Comme s'il s'était laissé
mourir pour partir avec celui qu'il aimait.

24

Je suis arrivé cet après-midi chez monsieur Duterre plus perturbé que jamais.

Je lui ai lu ses courriers. Et on a commencé la lecture du dernier Goncourt.

On a lu à peine dix pages qu'il s'est endormi dans le fauteuil. Je devine qu'on aura du mal à terminer le livre. On ne s'endort pas comme ça après les dix premières pages d'un livre qu'on aime.

On apprécie un livre pour l'écho qu'il suscite en nous dès les premières pages, comme les premières notes d'une chanson. Un livre c'est comme une chanson. Il doit avoir une musique, un rythme, une histoire. S'il y a des phrases ou des pensées de l'auteur qui suscitent un écho, quelque chose se passe et on aime le livre, on l'écoute jusqu'au bout.

Je le laisse dormir. On continuera la lecture plus tard, ce n'est pas un problème. Mes inquiétudes sont ailleurs. Comment vais-je m'en sortir? Je suis désormais sans domicile. Je ne veux pas le dire à monsieur Duterre; mais ai-je vraiment le choix?

Il se réveille en sursaut ; surpris de s'être endormi.

—Je me suis assoupi. Désolé. On poursuivra la lecture la prochaine fois… Tu peux rester lire ou regarder la télé si tu veux.

Et il continue sa sieste.

Je reste là, comme si je n'avais plus la force de me lever pour partir ou faire autre chose. Je pense aux jours à venir qui s'annoncent difficiles.

Et je réfléchis.

Monsieur Duterre s'est réveillé après une demi-heure de sieste et s'étonne que je reste assis là, sans même regarder la télé. Et j'ai osé lui dire pourquoi. Je lui ai dit où je loge depuis samedi soir.

— C'est pour ça que je ne suis pas pressé de partir, ai-je ajouté.

— Je comprends… Pourquoi tu ne viendrais pas dormir ici ? Je peux bien t'héberger le temps que tu trouves une solution. À moins que ça te gêne.

Comment être gêné par cette proposition lorsqu'on vit une situation telle que la mienne ?

VI
Nous n'irons pas plus loin
que nos pères

25

Je commence une nouvelle vie chez monsieur Duterre.

Chaque fois que Mélanie vient voir son père, on discute un long moment ensemble. Elle n'a pas la même passion que son père pour les livres. Préfère aller au cinéma et regarder la télévision. Ne sort jamais sans son baladeur MP3 qu'elle écoute à longueur de journée. Projette de devenir bénévole à Greenpeace ou au WWF ; ou intégrer le comité départemental de l'UNICEF.

Je me suis rendu compte à quel point j'aime sa compagnie lorsque je lui ai raconté une partie de mon adolescence que je n'ai jamais livrée. Pourtant, je n'ai pas envie ou plutôt le courage de lui révéler ma catégorie. Ça ne porte jamais chance d'être de cette catégorie qui fait peur. C'est ce qui est arrivé à Trimbal John qui n'a pas hésité à faire la cour à une dame qui travaillait à la poste. Il a tenté le coup un soir devant le bureau de poste et ça a marché. Il n'avait peur de rien ce garçon. La seule chose qu'il redoutait, c'est de manquer de nourriture. Il disait toujours qu'en aventure on peut manquer de tout, mais pas de nourriture. La faim on la supporte deux ou trois jours, pas plus. Et il mettait en réserve tout ce qu'il ramassait de mangeable dans la rue.

Ils ont vécu une très belle histoire d'amour et ont failli se marier. Manque de chance, elle lui annonça un soir qu'elle préférait mettre fin aux relations parce que c'était trop compliqué. Il fallait faire face à des tracasseries administratives pour prouver à la mairie qu'ils s'aimaient vraiment. Elle n'en pouvait plus. Et Trimbal John n'en revenait pas.

Tout est compliqué pour les hommes de ma catégorie. On a peu de chance de retenir une femme jusqu'au mariage, même si l'amour peut toujours naître là où on ne l'attend pas.

Mélanie est passée chez son père cet après-midi avant de se rendre à l'agence pour l'emploi.

– Tu peux venir avec moi, il y a parfois des offres d'emploi affichées à l'agence.

Je n'ai pas pu dire non.

Nous nous sommes rendus à pieds à l'agence. Elle a demandé s'il y a des offres d'emploi dans le bâtiment ou la restauration ; et la conseillère a répondu que toutes les offres sont sur le site internet. Seules les offres urgentes sont parfois affichées à l'agence. Pour le moment, il n'y a rien d'urgent.

Quel soulagement! Qu'aurais-je avancé comme argument pour décliner une proposition d'emploi si on cherchait d'urgence quelqu'un pour travailler? Je me sens complètement abruti par la peur qu'elle découvre ma catégorie. Il n'y a rien de plus abêtissant que la peur de se voir ridiculiser devant une femme désirée.

Puis, nous nous sommes rendus à la FNAC pour acheter le nouveau CD d'un groupe suédois qu'elle a connu en Norvège ; avant d'aller à la gare pour renouveler sa carte d'abonnement.

– C'est la dernière fois que je la renouvelle. Dans quelques semaines j'aurai vingt-six ans.

– C'est quelle carte ?

– C'est la carte 12-25, pour bénéficier des tarifs réduits... Tu ne l'as pas ?

– Non.

– Au fait, quel âge as-tu ?

– 27 ans.

– Non. Ce n'est pas vrai. 27 ? Je te donnais 23 ou 24.

– Eh non,... je suis plus vieux.

– Et tu n'as aucune femme dans ta vie ?

–Non. J'en ai bien envie, mais je cherche d'abord à me stabiliser.

–Tu as raison, ça ne sert à rien de se précipiter.

Et on a marché pendant un long moment en silence. Comme si elle s'était plongée dans une réflexion sur la vie. La tienne ou la mienne peut-être.

–C'est mieux de faire plus jeune, reprend-elle.

–Pourquoi ?

–Pourquoi ?... C'est parce qu'on n'aime pas vieillir, dit-elle en me regardant. Surtout nous les femmes... Enfin je ne peux pas parler au nom de toutes les femmes, mais moi ça me plairait de paraître plus jeune... Ça changera peut-être lorsque j'aurai des enfants, mais là, j'avoue que je préfère paraître plus jeune... Tout est fait en France pour nous décourager de prendre de l'âge. Tu vois, je viens de renouveler pour la dernière fois ma carte de réduction 12-25.

L'année prochaine je n'en aurai plus droit parce que je vais rentrer dans une catégorie où je serai considérée comme déjà trop vieille. Et c'est comme ça dans tout; même dans le domaine de l'emploi. Quand on a plus de 26 ans, on ne peut plus bénéficier de certaines mesures, de certains contrats, de certaines aides. Et moi ça m'énerve.

–Pourquoi toutes ces limites d'âge?

–Je n'en sais rien… J'ai vu l'autre jour qu'il y a des aides ou des prêts bancaires pour passer son permis de conduire, mais il faut avoir moins de 26 ou 25 ans pour en bénéficier. Et quelqu'un qui n'a pas passé son permis avant cet âge? Eh bien il doit se débrouiller tout seul.

Elle est en colère. Cela se voit même dans sa démarche. Et dire que moi j'aurais tout donné pour être à sa place, avoir un appartement, pouvoir voyager et aller voir ailleurs et revenir...

Nous sommes arrivés devant l'immeuble de monsieur Duterre.

–Je ne vais plus monter, dit-elle. Tu peux passer demain vers 16 heures pour prendre un café chez moi.

– Ok. À demain.

Mélanie n'a pas tort d'être en colère contre le système. Cela doit être dur à accepter lorsqu'on perçoit la richesse à travers des réalisations et des dépenses faramineuses. Des dépenses pour des futilités ou des insanités. Lorsqu'on voit comment les dirigeants sont prêts à trouver des millions sur un claquement de doigts pour faire face aux imprévus ou partir en guerre, c'est normal de penser qu'ils peuvent mieux faire pour soulager ceux qui souffrent, comme le disait Christophe.

Christophe travaille comme volontaire pour la même association que moi. Il est aussi bénévole dans une autre association pour donner des cours de maths à domicile. Après son Master, il a travaillé pendant deux ans au conseil général. Son contrat n'a pas été renouvelé, faute de budget. «Faute de budget, mon œil» dit-il quand il s'énerve. Il en a marre d'être à la recherche d'emploi depuis bientôt un an.

Il dit toujours que ceux qui sont au pouvoir peuvent trouver les moyens de faire travailler tout le monde s'ils le décident vraiment. Et je lui donne raison. Ce sont quelques grands savants réunis dans un organisme puissant qui décident de tout, avec des calculs extraordinaires dont on ignore souvent les tenants et les aboutissants. Ils ont établi ce système, dit-on, pour contrôler les choses, pour ..., pour quoi d'autre encore ?

Comment ont-ils fait, ces décideurs, pour que le système leur échappe et qu'ils nous rabâchent les oreilles avec la même phrase depuis des décennies : 'il n'y a plus d'argent dans les caisses. C'est la crise'?

L'argent, ce n'est tout de même pas un phénomène naturel ou dépendant d'une volonté extraterrestre.

Que l'homme soit impuissant face aux phénomènes naturels, aux cataclysmes qui nous tombent dessus sans prévenir, cela peut se comprendre. Ce sont des phénomènes qui dépassent le pouvoir humain. Que l'homme souffre du manque de pluie et que la sécheresse menace les productions agricoles, on peut le comprendre aussi ; car qui peut commander la pluie? Quand le ciel tarit, nul homme ne peut vraiment l'irriguer. Pourtant, il paraît que des hommes sont même arrivés à résoudre ce problème complexe de sécheresse. Oui, on parle de plus en plus de pluie provoquée sur des régions souffrant de grande sécheresse. Il n'y a pas longtemps, même en Afrique là-bas où la science ne réalise pas encore toutes les prouesses qu'on lui connaît, dans ce pauvre pays qui s'appelle le Burkina Faso, ce coin de la terre hanté par la silhouette du désert, où les gouttes de pluie sont parfois désespérément attendues, ils ont lancé un programme de bombardement des nuages pour provoquer la pluie. Ils ont décidé de forcer le ciel à faire tomber de l'eau. Je ne sais pas si la nature reste toujours sage quand on lui force ainsi la main pour obtenir ce qu'elle n'offre pas d'elle-même ; mais je sais qu'ils ont pris la décision et l'ont fait pour résoudre ce problème de sécheresse. Quand on veut on peut ; et quand on décide on peut y arriver.

C'est difficile de comprendre pourquoi les hommes ont ainsi perdu le contrôle du système économique et monétaire qu'eux-mêmes ont mis en place ; et comment la crise peut ainsi prendre le dessus pour nous faire autant de mal.

Christophe me fait souvent rire lorsqu'il dit qu'il souffre trop et qu'il n'en peut plus. Il me fait rire parce que je le trouve, moi, dans une situation assez confortable puisqu'il a un appartement et une belle voiture, même s'il ne la prend pas souvent. Et quand je lui dis qu'il n'a pas à se plaindre, que d'autres sont plus malheureux que lui, il ne comprend pas trop.

Il a choisi d'être militant d'un parti d'extrême gauche pour faire changer les choses. Mais son parti ne représente pas grand-chose sur le plan politique et ce n'est pas demain la veille qu'il aura la possibilité de changer les choses. Mais il y croit ; il est convaincu que l'extrême gauche triomphera. C'est cette conviction qui lui fait tenir le coup. Peut-être. Une conviction qu'il cherche à partager avec Sandrine, la secrétaire du centre, volontaire elle aussi, au chômage depuis deux ans, qui vit très mal sa situation. Elle a travaillé comme secrétaire comptable pendant treize ans dans la même boîte, avant d'être licenciée parce que son entreprise a été délocalisée. Elle a été indemnisée bien sûr, mais son moral n'arrive pas à remonter la pente. Être sans emploi, c'est quelque chose d'insupportable pour elle, c'est horrible à vivre. Et elle ne le vit pas bien. Elle souffre d'un syndrome anxio-dépressif qui a porté un coup à son physique; elle qui était belle dame sur les photos prises avant le trouble. C'est une femme qui ne fait plus confiance aux hommes politiques parce qu'ils « sont tous pareils ». Selon elle, il y aurait moins de problèmes si la France n'a pas accueilli à bras ouverts les gens venus des quatre coins de la terre. « Il faut quand même contrôler les frontières du pays et réduire l'immigration si on veut bien s'occuper de ceux qui y vivent déjà. » C'est ce qu'elle a dit l'autre jour, avant d'ajouter «je n'ai rien contre les immigrés, mais j'en ai marre de voir les gens arrivés de plus en plus en France alors qu'on a plein de problèmes. »

J'ai souri. De gêne et de honte.

J'ai pensé, sans le dire, que le problème actuel du chômage, c'est le travail qui s'en va et non les gens qui viennent. On peut empêcher les gens de venir, mais peut-on vraiment empêcher le travail de partir là où le coût de production est moins cher ? Le système capitaliste a toujours cherché à diminuer le coût du travail et ce n'est pas une surprise de voir les entreprises délocaliser vers là où les salaires sont moins élevés. La rivière coule toujours vers l'aval.

Est-ce vrai que la France aurait un meilleur sort sur le plan économique si elle fermait la porte aux immigrés? Je n'en sais rien. Je sais seulement que tout le monde souffre de l'immigration. Ceux qui accueillent? Probablement. Et ceux qui arrivent? Sûrement. Mais la plus grande souffrance c'est celle dont on parle le moins, celle des enfants nés de parents immigrés. Oui, ils souffrent sans pouvoir expliquer réellement de quel côté ils se situent. Et c'est là le plus dur. C'est ce que j'ai constaté dans cette résidence universitaire en discutant avec les jeunes étudiants nés en France de parents venus d'ailleurs. Ils sont Français sur papier, mais à les entendre parler j'avais l'impression qu'ils ne savent pas s'ils sont réellement Français ou immigrés eux aussi.

L'immigré c'est celui qui a quitté les siens (ceux avec qui il a vécu) pour aller vivre ailleurs. Lorsqu'on s'en va ainsi chercher une vie meilleure, la seule chose qui fait tenir le coup dans la peine et la tristesse, c'est le souvenir de ceux qu'on a laissés derrière, ceux qu'on espère retrouver un jour pour leur raconter son aventure. Ils aident à ne pas succomber à la détresse, ces proches laissés là-bas qui sont des racines qui nous soutiennent ici. Et c'est justement ce lien dans le pays d'origine qui manque aux enfants d'immigrés. Ils savent que leurs parents sont venus d'ailleurs et on leur fait comprendre qu'ils sont d'ailleurs eux aussi. Mais quel lien ont-ils avec ceux qui sont là-bas? Aucun ; si ce n'est quelques coups de fil ou quelques jours de vacances pour ceux qui ont la chance d'y aller avec leurs parents. Ils se sentent peut-être étrangers partout et ne savent pas vers quelle source tendre.

Pour Christophe, l'immigration du sud vers le nord est un pan de l'histoire qu'il ne faut pas déconnecter de tout le reste. Tout le reste remonte loin dans le temps, à la décision des Européens, suite aux grandes explorations, d'aller chercher ce qui leur manquait sur d'autres continents. C'est comme ça qu'il raisonnait avec Sandrine. Il a des articles de presses de son arrière-grand-père, des archives qu'il a récupérées pour montrer à qui veut le contredire, que les Européens étaient les premiers à tenter l'immigration vers les pays du sud, matant toute rébellion et résistance qui les empêchaient de s'installer là où ils voulaient. Souvenez-vous de la révolte de Béhanzin contre l'occupation de son territoire par les colons français.

Béhanzin, c'était le roi de Dahomey, l'actuel Bénin. Sa résistance face aux Français était l'une des plus emblématiques dont on peut encore lire quelques évocations dans les livres d'histoire et sur les bouts de presse que Christophe nous a fait lire. À la suite de combats féroces en 1892, les troupes françaises commandées par le général Dodds réussirent à prendre la capitale Abomey. Béhanzin finit par se rendre et fut exilé en Martinique sur ordre des autorités françaises. C'est ainsi que le territoire fut complètement conquis.

J'ai photocopié une partie de ces documents, juste pour le plaisir de relire le discours d'adieu de Béhanzin dont je garde toujours certaines phrases en mémoire :

> *Compagnons d'infortune, derniers amis fidèles, vous savez dans quelles circonstances, lorsque les Français voulaient accaparer la terre de nos aïeux, nous avons décidé de lutter...*
>
> *Malgré la justesse de notre cause et notre vaillance, nos troupes furent décimées en un instant...*

Le cas de Dahomey conquis par les Français après de féroces batailles pour soumettre les populations autochtones est loin d'être unique. On raconte toujours au Togo que la conquête des terres par les Allemands ne s'était pas faite de façon pacifique sur tout le territoire. Ils avaient pu signer des accords avec certains peuples, mais d'autres furent farouchement opposés à cette occupation. Ils firent face à de nombreuses résistances sur le territoire et avaient dû déployer des armes puissantes pour en venir à bout.

Je connaissais toutes ces histoires, mais les relire ou y penser à ce moment de ma vie, me pousse à réfléchir et à me poser des questions sur l'incapacité incompréhensible de nos pays à réussir à nous procurer l'essentiel, malgré l'énorme richesse de notre sous-sol.

Les réponses m'échappent, évidemment.

26

Je suis arrivé à 16 heures chez Mélanie. J'ai préféré prendre du thé parce qu'elle n'a pas de sucre à mettre dans le café. Boire du café sans sucre? Je ne sais même pas comment faire pour y arriver.

Son studio est assez exigu, avec un papier peint déchiré par endroits. Le mur est traversé par des fissures du plafond au plancher. Elle cherche à quitter ce studio, mais sa demande est toujours rejetée par les propriétaires parce qu'elle n'a pas un revenu mensuel supérieur à trois fois le montant des loyers. Et elle ne reçoit aucune proposition de la part des organismes de logement social.

– Je ne vois plus qu'elle est la différence entre le social et le privé, dit-elle. Les organismes HLM ont finalement les mêmes exigences que les propriétaires du privé. Ils pensent qu'avec un revenu trois fois supérieur au loyer on est forcément un bon locataire... Si ça continue, j'irai dormir à la mairie. Comme ça ils sauront que je suis vraiment dans le besoin.

–Pourquoi ne retournes-tu pas chez ton père?

– Retourner vivre chez mon père? À mon âge? Qu'est-ce que les gens vont dire de moi? Non, je préfère encore rester ici.

Elle m'a ensuite parlé de sa récente séparation et dit avoir peur de se lancer dans une nouvelle aventure amoureuse.

– Je n'ai plus du tout envie de m'engager avec quelqu'un. Pour revivre un chagrin pareil? Non, merci.

– Je pense que le meilleur moyen pour la pérennité d'un couple c'est d'apprendre à bien se connaître avant de décider de se mettre ensemble.

– Oui ; mais ce n'est pas facile. Quand on aime passionnément quelqu'un on a du mal à attendre.

Elle n'a pas tort. La passion est une chose irrésistible, incroyablement ravageuse. Lorsqu'on est intéressé par quelqu'un, l'émotion fait brouiller toute perception et la clarté s'envole du regard envahi par le désir et l'envie de possession.

Puis, elle m'a demandé si j'aimerais épouser une Française ou retourner prendre une femme chez moi.

– Franchement, je ne sais pas. Ça dépend des événements, des rencontres, des affinités. Ça dépend de beaucoup de choses.

– Le mariage forcé existe dans ton pays?

– Il y a sûrement des familles qui le font, mais personnellement je n'en connais pas.

Nous avons longuement discuté du bonheur et du chagrin d'amour. Comment faire pour trouver le bon, quelqu'un avec qui partager une confiance mutuelle et une tendresse exclusive? Et je sens naître en moi un sentiment ambigu d'amour et d'amitié pour cette fille dont le père me sauve la vie en m'hébergeant.

Je suis resté chez elle jusqu'à 19 heures. Et on a mangé des pâtes.

27

Ce matin, monsieur Duterre ne s'est pas levé à 7 heures comme d'habitude. Hier, il ne se sentait pas bien et s'est couché plus tôt.

J'ai pris mon petit-déjeuner et je suis remonté dans ma chambre pour m'allonger.

Je suis en train de penser à quelque chose qui ressemblerait à une délivrance, à la liberté de travailler, ... puis à Mélanie, lorsque j'ai entendu un grand bruit de chute. C'est monsieur Duterre. Il a trébuché dans l'escalier et est tombé de plusieurs marches jusqu'en bas.

Je me suis précipité pour le relever, mais il saigne de quelque part et semble perdre connaissance. J'ai appelé les pompiers et informé Mélanie de l'accident de son père.

Les pompiers sont arrivés. Mélanie aussi.

Ils m'ont demandé comment ça s'est passé.

Je ne sais pas trop.

Ils lui ont prodigué les premiers soins avant de le transporter à l'hôpital.

Je reste assis sur l'escalier… jusqu'à entendre sonner 11 heures. Je ne sais plus à quoi j'ai pensé durant tout ce temps.

Mélanie est revenue de l'hôpital. Son père n'a pas complètement repris connaissance. C'est à la tête qu'il est le plus touché. À la côte aussi. C'est sûrement grave. Monsieur Duterre est parti pour rester plusieurs semaines voire des mois à l'hôpital.

Je ne peux pas rester dans l'appartement tout seul. L'électricité, l'eau et le chauffage vont être coupés pour éviter des dépenses inutiles. De toute façon, je n'ai pas le droit de rester là, car n'étant pas officiellement déclaré vivre chez lui.

Mélanie est bouleversée. C'est normal. Moi aussi. Ça se comprend. Je l'ai spontanément prise dans mes bras pour la consoler. Elle pleure, la tête posée contre moi. Au fait, où est sa mère? Est-elle vivante? Je n'ai jamais pensé poser la question. Et ce n'est pas le moment de chercher à savoir.

« J'espère qu'il s'en sortira vite » dit-elle.

– Je l'espère aussi.

– Tu retournes à la résidence universitaire ?

– Oui.

Je ne peux pas retourner à la résidence. Je lui ai dit oui pour éviter d'autres questions auxquelles je n'ai pas de réponses.

Nous avons nettoyé le sol et rangé l'appartement avant de partir.

– Si tu veux rendre visite à Papa, n'hésite pas à m'appeler pour aller avec toi.

– D'accord.

– À bientôt Michel.

*

Je me retrouve sur la place Stanislas, ma valise à la main. Ce n'est pas la même ambiance que le premier jour où je suis arrivé à Nancy. Il fait froid et il y a très peu de touristes autour de la statue de Stanislas le bienfaiteur. Je me sens bizarre... dans ma tête. Comme si le vide envahissait mon esprit. Vraiment, je me sens bizarre. J'ai l'impression que quelque chose m'emporte ailleurs; et ,... je ne sais plus.

Puis, je vois réapparaître la statue de Stanislas le bienfaiteur. Combien de temps a duré cette absence, ce vide qui a envahi momentanément mon esprit?... Je pense à ma mère. « Si ça ne va pas, n'hésite pas à revenir. Il ne faut pas te laisser mourir à l'étranger» me disait-elle la dernière fois au téléphone.

Et mes dettes alors? Comment ferais-je pour les rembourser? Non. Je ne peux pas.

Je décide de retourner chez Lucas.

Il m'accueille ; indifférent. Son chien se lève et secoue la queue, tourne autour de moi comme s'il se réjouissait de mon retour.

Il est un peu plus de 17 heures. Je ressens un ardent désir d'appeler Mélanie pour lui demander si elle pourrait m'accompagner demain à l'hôpital. Et j'ai envie de lui parler aussi.

Je me rends dans une cabine téléphonique pour l'appeler. Je tombe sur le répondeur. J'écoute sa voix et après le bip je raccroche. Je reste dans la cabine, pensant à tout, à rien ; bouleversé.

Je rappelle Mélanie. Je tombe encore sur le répondeur. J'écoute sa voix et après le bip je laisse un message.

« Mélanie, c'est Michel. Je t'appelle pour savoir si demain tu pourrais m'accompagner à l'hôpital voir ton père… J'ai envie de te parler aussi. Je vais te rappeler plus tard. Bisou »

Et je m'en vais le long du tramway, rêvant du bonheur de dormir à nouveau dans une maison, et de revoir Mélanie.

J'aperçois Christophe qui descend du tram. Il revient d'une manifestation contre la politique du gouvernement, avec une banderole nouée autour de la taille. Son parti aura-t-il gain de cause un jour? Peut-être.

Je regagne la cahute. Lucas n'est pas là. Il doit être devant la gare en train de faire la manche, je pense. Je n'arrive pas à comprendre pourquoi il a choisi cette vie de clochard. Il a peut-être négligé une étape ou raté quelque chose dans sa vie et a perdu toute envie de faire des efforts. Comment le savoir? Est-ce d'ailleurs nécessaire de chercher à comprendre pourquoi il a choisi de vivre ainsi? Heureusement qu'il est là. Sinon, où irais-je?

Je m'allonge sans avoir envie de dormir. Je pense à Mélanie. Et à ma mère. Vaguement.

Le départ d'un train fait trembler les tôles et vibrer le sol. Et je l'imagine partir vers l'Allemagne. Il passera par Baden-Baden; ... peut-être ...

Table des matières

www.ingramcontent.com/pod-product-compliance
Lightning Source LLC
Chambersburg PA
CBHW050528260626
47157CB00004B/1513